Joanna Lisiak

Alles Brillenträger!

Skandalöses
aus der Welt der Promis

Die Deutsche Nationalbibliothek verzeichnet diese
Publikation in der Deutschen Nationalbibliografie;
detaillierte bibliografische Daten sind im Internet über
dnb.dnb.de abrufbar.

Herstellung: BoD – Books on Demand, Norderstedt,
Deutschland.

ISBN 978-3-74485-553-2

Alles Brillenträger!

Skandalöses
aus der Welt der Promis

© Joanna Lisiak

Zur Autorin: Joanna Lisiak ist kurzsichtig, so-
nach Brillenträgerin, Jg. 1971, wohnhaft in der
Schweiz. Autorin zahlreicher Einzelpublikatio-
nen. Zuletzt „Wederendungen. Redewendungen
andersherum.". Zu ihrer Kurzprosa zählen unter
anderem die beiden Bände „Besonderlinge –
Galerie der Existenzen I und II", erschienen beim
Wolfbach Verlag, Zürich sowie „Von Paul B.
und anderen rein zufällig lebenden Personen",
Nimrod Verlag, Zürich.

Zum Hund: Carley TOY, Jg. 2015, wohnhaft in
der Nähe von Zürich am schönen Zürichsee. Die
junge Dame ist treu und lieb, zärtlichkeits- und
schlafbedürftig, höchst eigensinnig, und sie
strahlt zu jeder Zeit die Freuden des angenehmen
und gelassenen Daseins aus. Sie hat eine Vorliebe für getrocknete Rinderohren, Bommeln
sowie nackte Menschenfüße. Zudem inspiziert
sie gerne Büropapierkörbe.

Der Paparazzo

Siebzehn Stunden hockte der Mann unentdeckt im stacheligen Gebüsch. Es war Jürgen Trüffel. Einmal traf ihn ein Fußball mitten in den Nacken. Drei Hunde schnüffelten an seinem Hosenbein und fünf Köter entledigten sich unbemerkt an Trüffels Steiß. Eine Krähe fraß zudem sein Sandwich und seine Thermojacke, die ihm kürzlich ein Kollege geschenkt hatte, kam auf mysteriöse Weise abhanden als er sein Objektiv putzte.

Eine alte Frau erschrak arg, als sie sich kurz bückte und den Paparazzo versteinert in seinem Versteck vorfand. Sie fuchtelte im Affekt mit ihrem Stock in Richtung des regungslosen Wesens und verletzte den verängstigten Mann an der Nase. Sein geistiger Zustand war ohnehin labil. Jetzt kamen noch körperliche Beschwerden dazu.

Denn er lauerte seit Langem ohne Erfolg, und das kühle, nasse Wetter ließ zu wünschen übrig. Sein zerknirschtes Gesicht spiegelte die Enttäuschung und sein Leid nur allzu gut wider. Aus Jürgen Trüffels Mundwinkel hing die fünfundvierzigste Zigarette. Kurz: der Mann war nicht zu beneiden und seine Arbeit war noch nicht getan.

Der Gute konnte nicht ahnen, dass das Fotomodell Martina Aschenbecher, das er hier jeden Moment erwartete, spontan verreist war und nach der Rückkehr nie mehr in diesem Park joggen würde, weil sie es satt hatte sich ständig mit Sport in Bewegung zu halten und sich vorschreiben zu lassen wie ihre Figur geformt sein sollte.

Gedenken wir daher für einen Moment all der Fotografen, die gerade jetzt, wo Sie das hier lesen, irgendwo ebenso fleißig arbeiten und zerkratzt in Gebüschen lauern, in heißen Autos vor sich hin dampfen oder ihr Motiv knapp verpassen, weil sie kurz austreten mussten oder ihnen das Schicksal anders ins Gesicht schlägt.

Claudias neue

Noch können wir sie nicht zeigen. Denn seitlich und an den juckenden Warzen hängen verräterische Operationsfäden, die erst in zwei Wochen fachmännisch abgetrennt werden. Was wir aber bereits verkünden können: Claudia Flanelski ist überglücklich und sehr stolz. Vorsichtig öffnet sie die Bluse und zeigt den halben Busen. Wir schätzen die Körbchengröße auf ein Doppel D. Unser Kameramann errötet, als Claudia uns erlaubt hineinzufassen. Wir dürfen befühlen, aber nicht drücken.

Der Arzt steht neben dem Bett und zeigt uns an einer Prothese, wie wir diese heikle Aufgabe zu bewerkstelligen haben ohne Claudia wehzutun. Mit zittrigen Fingerspitzen versinkt unsere Praktikantin, da sie die kürzesten Fingernägel von allen hat, in Claudias beachtlicher Brust. Die Brust sei weniger hart als erwartet, berichtet die Praktikantin, und sie gebe natürlich nach.

Die formschönen Brüste sind noch geschwollen und zeigen aufwärts in Richtung der neongrünen Lampe. Das wirkt noch etwas unnatürlich, aber der Busen werde sich noch absenken, versichert uns der Schönheitschirurg. Es ist sehr heiß im kleinen Zimmer und äußerst intim. Wir gratulieren Claudia zu den neuen Brüsten und bedanken uns beim Arzt. Claudia sinkt erschöpft, aber zufrieden in ihr Kissen. Sie scheint angekommen zu sein mit Mitte Dreißig. Eine Frau, die ihren

Mut überwinden konnte und uns jetzt mit Tränen in den Augen glückselig anstrahlt.

Wir freuen uns für sie und verabreden uns zu einem Bikini-Foto-Shooting im Sommer. Bis dahin wird Claudia auf Sport verzichten müssen und in Ruhe neue Büstenhalter für sich aussuchen dürfen. Es ist ein friedlicher, beinahe feierlicher Nachmittag. Nur wenige Patientinnen sind noch da. Claudia ist müde von der Narkose und wir müssen sie jetzt in Ruhe lassen. Als sie uns die Hand drückt, sagt sie gedankenvoll, dass sie zutiefst dankbar sei und wunderbar ruhig in ihrer zarten Seele: „Meine neuen Brüste, das klingt jetzt vielleicht etwas sonderbar, aber sie sind mehr als bloß Brüste. Es sind meine neuen Freunde." Ehrfürchtig verlassen wir die Klinik.

Von wegen Mutterglück

Wir geben es zu. Wir hatten eine exklusive Reportage geplant und wurden augenscheinlich kaltherzig reingelegt. Seit Monaten verfolgen wir aus näherer und weiterer Entfernung Saskia Gnade und ihren zuckersüßen Carlos.

Noch letzte Woche erzählte uns die junge Mutter wie überwältigt sie von ihren Gefühlen sei und wie sehr jetzt alles einen Sinn ergebe und wie alles mit Carlos in einem größeren Zusammenhang für sie stehe. Endlich habe sie ihr großes Glück gefunden. Wir haben Saskia gefilmt und fotografiert, wir haben sie mit und ohne Kamera beobachtet: beim Einkaufen im Babyladen, beim Spaziergang mit dem Kinderwagen im Stadtpark, auf ihrer Terrasse mit dem Kleinen im Arm, und wir haben mit ihr über Wehen, Schwangerschaftsstreifen, das Stillen und über Brei gesprochen. Mehrfach und immer wieder. Doch der große Zauber erweist sich nun als fieser Bluff und Betrug.

Baby Carlos ist offensichtlich bloß geliehen. Wir wissen nicht, ob das Kind überhaupt Carlos heißt oder am Ende gar ein Mädchen ist!? Nicht auszuschließen, dass es überhaupt ein Mensch ist, sondern eine sehr lebendig aussehende Attrappe, die in Glasfaser und Polyesterharz verarbeitet worden ist. Wir von der Redaktion – viele von uns selbst Mütter – sind äußerst fassungslos und begreifen nicht, was dies alles soll und womit wir das verdient haben. Es ist Oktober und einen Aprilscherz können wir ausschließen. Wir wissen außerdem: Saskia ist schlau, tüchtig, reich und schön, Humor hat sie allerdings nur bedingt.

Nichtsdestotrotz. Unsere Leserinnen und Leser können es bestätigen: Wir haben stets fair über Saskia berichtet und können uns diese Geschichte nur damit erklären, dass die Frau ernsthaft psychisch krank sein muss. Wir sind es Ihnen, verehrte Leserinnen und Leser schuldig, an dieser unsäglichen Geschichte dranzubleiben.

Sensationell:
So etwas hat die Welt noch nicht gesehen

Die Vorstellung war bis auf den letzten Platz ausverkauft. Im Vorfeld liefen die Telefone in unserer Redaktion heiß, aber auch wir, die die Ehre hatten, Sascha Bündel in den letzten Jahren regelmäßig höchstpersönlich interviewen zu dürfen, wussten diesmal nicht mehr als die anderen. Der berühmt-berüchtigte Skandal-Regisseur mit den markanten Wanderschuhen und der charismatischen, leicht quäkig klingenden Stimme, verzichtete auf eine offizielle Pressekonferenz.

Auch Pressetexte wollte er partout nicht veröffentlichen und keine Details über die Besetzung des Ensembles verraten. Offenbar existierten Pressetexte durchaus, sogar in der englischen und japanischen Übersetzung, allerdings seien sie diesmal eigens für die Schublade geschrieben worden und würden für fünf Jahre unter Verschluss gehalten. Eine konzeptuelle Arbeit, in die man sich erst hineindenken sollte. Es musste jedenfalls auch so gehen. Eine Vorpremiere gab es konsequenterweise nicht und falls doch, dann haben wir das nicht mitbekommen, und der Regisseur hätte es somit geschafft, uns ein weiteres Mal hinters Licht zu führen.

Der Abend begann mit einer Verspätung, was sich im Nachhinein als etwas Gewolltes herausgestellt hatte, beziehungsweise Teil des Spektakels war. Scheinbar wie aus dem Nichts tauchte Bündel auf. In Wahrheit war er die ganze Zeit unter uns Zuschauern gewesen und zwar kauerte er beim Mischpult und fummelte, als Techniker verkleidet, an den Kabeln herum. Dabei beobachtete er uns bereits spitzbübisch. Er betrat die Bühne und annoncierte kurz und knapp: „Hey Leute. Viel Spaß und los geht's!"

Es wurde dunkel im Theater und Minuten vergingen, ohne, dass sich etwas tat. Wir saßen da und betrachteten die Männchen auf den grün ausgeleuchteten Notfallsignalen seitlich von der Bühne, als plötzlich gellende Frauenschreie aus den Lautsprechern und hinter der Bühne auf uns niederprasselten. Es war markerschütternd und das Publikum raunte. Manche nutzten die Gelegenheit, die spannungsvolle Atmosphäre von vorhin zu entladen und husteten, niesten und schnupften sich. Dann erneut Stille.

Nach einer Weile entdeckten wir, dass die Bühnenbeleuchtung ganz subtil, fürs Auge kaum wahrnehmbar, angemacht wurde. Auf der Bühne war nichts zu sehen. Wir suchten das Bühnenbild abermals mit den Augen ab, aber da war nichts. Nicht einmal ein Läufer. Wir starrten aufs Podium und warteten mit Spannung. Wir wollten uns mental auf neue Schreie vorbereiten, um uns nicht erneut zu erschrecken, doch diese blieben beharrlich aus. In uns war Adrenalin pur und wir wussten nicht wohin mit all den Gefühlen, die in uns hochstiegen. Es kamen technische Arbeiter oder Schauspieler, die als technische Arbeiter verkleidet waren, auf die Bühne. Sie stellten

Requisiten auf – einen Kerzenständer, einen mannshohen Teddybären und einen Eimer – und dabei wirbelten sie etwas Bühnenstaub auf.

Ein junger Mann brachte einen kaputten Stuhl. Zwei Männer, als Schornsteinfeger angezogen, kamen alsbald mit einem Holztisch angelaufen. Eine Frau, unten dreckige Schürze und gelbe Pantoletten, oben nackt, rannte zum Tisch und rückte ihn umher. Sie hüpfte beim Rücken des Tisches auf der Stelle. Ihre Brüste wackelten noch in unseren Köpfen nach, als sie bereits von der Bühne gegangen war. Dann von neuem die Stille und das Warten.

Nach einer gefühlten Ewigkeit, bauten die Kaminkehrer die Bühne wieder in selber Manier ab und die Frau, die zuvor den Tisch gerückt hatte, kam erneut auf die Bühne gelaufen. Sie rannte erregt auf der Bühne herum, als suche sie etwas, wahrscheinlich den Tisch. Dabei schnaufte sie tief und blickte manchmal zornig ins Publikum, als machte sie uns einen Vorwurf. Bevor sie von der Bühne ging, setzte sie sich auf den Boden, schüttelte die Pantoletten aus, begutachtete ihre Fußnägel und kroch, miauend und auf allen Vieren von der Bühne. Dann dämpfte sich das Licht langsam wieder und die Zuschauer wurden ruhiger.

In den heutigen Medien, überschlagen sich die Kritiker mit Komplimenten für diesen Bündelschen Coup: „Bündel schöpfte aus dem Fundus seiner Möglichkeiten", „Zen", „Elaboriert bis ins Detail", „Scharfsinnige Präsentation", „Minimalismus maximal", „Das Pure des Puren", „Danke, Bündel", „Schlicht und ergreifend" Wir sagen: „Genial".

Die Rolle ihres Lebens

Wie sie sich auf die Rolle ihres Lebens vorbereite, wollen wir als Erstes wissen. Wir sitzen in der schicken Lounge eines Fünfsternehotels in Berlin und nippen am Martini. Silke Blende ist pünktlich. Wir erkennen sie kaum, als sie auf uns zukommt. Lässig gekleidet, ein Käppi auf dem Kopf, Cowboyboots an den Füßen. Diese Frage habe Silke schon oft gehört in den letzten Wochen, aber sie ist nicht etwa müde uns darauf zu antworten.

„Im Gegenteil", winkt sie gutgelaunt ab, als sie sich zu uns setzt und ein kaltes Bockbier bestellt. Silke sprudelt gleich darauf los: „Ich befinde mich noch mittendrin, ich bin im kreativen Prozess und das ist unfassbar aufregend. Es ist ein großes Geschenk." Ob sie denn kein bisschen beleidigt gewesen sei, angefragt zu werden. Schließlich kursierten zuvor viele Karikaturen und Verleumdungen, dass sie ursprünglich eh ein Kerl gewesen sei, fragen wir etwas provokativ. Silke ist auf diese Frage vorbereitet, sie antwortet gefasst: „Nein. Ich war nicht beleidigt. Ich empfand es als Privileg angefragt zu werden. Es ist wahrscheinlich die Rolle meines Lebens. Und der Regisseur Werner Stroh macht die besten Filme. Er hat dieses Flair und setzt die Schauspieler unglaublich gut ins Licht. Er wird mich zum Strahlen bringen."

Silke hat an Gewicht zugelegt. Sie ernährt sich seit Monaten vorwiegend von Eiern und Fleisch und nimmt hormonelle Präparate ein. Ihre konturierten Beinmuskeln sind stark geworden und die Trainerhose in Jeansoptik spannt. Wir können uns nicht verkneifen Silkes Körper genauer zu mustern, ihr auf den flach gewordenen, kaum sichtbaren Busen und sogar etwas scheu in den Schritt zu schauen. Es ist eine ungewöhnliche Begegnung, kennen wir Silke schließlich seit Jahren und verfolgen ihre Karriere regelmäßig. Auf die Rolle als Mann habe sie sich sehr akribisch vorbereitet, meint Silke kurz und knapp. Wir sind nicht sicher, ob sie soeben gerülpst hat oder ob wir ein anderes Geräusch vernommen haben; vielleicht den Käsewagen, der gerade an uns in den Speisesaal vorbeifährt, oder war es das Räuspern des älteren Herren, der unweit von uns sitzt?

Silke bestellt sich ein zweites Bockbier. Sie ist guter Stimmung und sie scheint bereit, ganz offen mit uns zu sprechen. „Stehpinkeln", sagt Silke und ich lasse meinen Kugelschreiber fallen. „Stehpinkeln. Das ist gar nicht leicht, aber ich muss da durch. Und ich habe es bereits gut im Griff, ohne gleich alles zu versauen." Wir versuchen uns das vorzustellen, aber die Bilder verwischen vor unserem imaginären Auge. Silke fährt ungerührt fort: „Mit einem angeklebten Schnauzbart habe ich vor ein paar Tagen in Bars etwas gepöbelt. Und wisst ihr was? Es hat sehr viel Spaß gemacht." Ob sie dabei betrunken gewesen sei, haken wir fasziniert nach. „You name it!" ruft Silke enthusiastisch. „Es musste sein, dass ich mich richtig besaufe, ansonsten wäre es „fake". Aber ich bin real." Silke spricht „fake" und „real" englisch aus. Sie kommt aus dem Schwärmen nicht mehr heraus.

„Rüpelhaft sein, johlen, mich am fiktiven Sack kratzen, das bedeutet für mich das reine, pure Leben. Mehrwert! Freiheit!" Wir bewundern ihren Mut und ihren ansteckenden Enthusiasmus, sehen darin eine innere Kraft, die vorher nicht so ausgeprägt war. „Eines war aber hart. Es fiel mir schwer eine ganz bestimmte Herausforderung anzunehmen, doch mein Coach bestand darauf: Nämlich Yoghurt und Bohnen zu essen. Ein vorübergehendes Phänomen zwar, aber es hat mich innerlich wörtlich aufgewühlt. Denn jeder, der mich kennt, weiß, dass ich laktoseintolerant bin und diese Kombination sehr schlecht vertrage. Der geräuschvolle Abgang von Winden war eine „challenge" für mich und für die Umwelt nicht weniger. Doch ich musste herausfinden wie es sich anfühlt, diesem natürlichen Druck in aller Öffentlichkeit stattzugeben und dazu zu stehen die schwerwiegende Luft abzulassen, mich pur preiszugeben mit allem, was dazugehört. Verstanden haben mich die Wenigsten. Aber wenn ich es aber nicht ausprobiert hätte, wer dann?"

Fürs Grölen habe Silke mit einer finnischen Logopädin gearbeitet, die in unzähligen Sitzungen tierähnliche Laute aus ihr herausarbeiten und die Stimme etwas tiefer legen konnte. Und tatsächlich können wir uns das bestens ausmalen, wenn wir der jungen Frau so zuhören. Denn

Silkes Stimme ist rau und deutlich tiefer geworden. „Die Haare sind als Erstes ab. Das war gar nicht schwer und ich weiß jetzt, dass ich keineswegs eitel bin, was meine blonde Mähne angeht, mit der ich mal Shampoo-Werbung [Mit offenem Haar reitend auf einem Maultier unter der Sonne Kretas, Anm. d. Red.], gemacht habe."

Silke ist in bester Plauderlaune. Sie trinkt ihr fünftes Bier zu Ende und bestellt sich noch einen Klaren auf den Weg. Auf einmal wirkt sie in sich gekehrt und sagt, vielleicht mehr zu sich selbst als zu uns: „Mehr Mühe habe ich damit, dass nach den Hormonen die Haare jetzt an anderen Stellen wuchern und noch monatelang ungekürzt bleiben müssen. Meine geliebten Spaghettiträger kann ich mir derzeit nicht leisten. Meine Augenbrauen beginnen langsam zusammenzuwachsen und machen diesen Blick, der mich morgens im Spiegelbild erschreckt. Und auf dem Rücken ist es besonders arg. Aber…", Silke macht eine bedeutungsvolle Pause, „ich muss die Authentizität wahren. Ansonsten war alles umsonst."

Verblüffend:
Wo Schmeichler seine Inspirationen findet

Florian Schmeichler verrät uns endlich, wo er seine zahlreichen Eingebungen herholt. Der Tausendsassa produziert mit Erfolg Fernseh-shows, moderiert Verleihungen und Galas, gibt Bücher heraus, hat einen eigenen Schinken, den Schmeichler Hinterschinken, und handelt neuerdings mit Hängematten aus Guatemala. Er singt, spielt Klavier und schreibt Hits am Laufmeter. Auch tritt er mehrmals im Jahr als Gast-Schauspieler in Blockbustern auf, und seit letztem Jahr kocht er in einer Fernseh-Sendung auf Augenhöhe mit Sternekochs.

Privat läuft es bei dem mittlerweile erkahlten Mittvierziger bunt zu: sieben Kinder von fünf Frauen und noch immer keinen festen Wohnsitz zu verzeichnen. Er managt und organisiert alles, während er zugleich für Charity Aktionen Fußball spielt oder in Heimen für benachteiligte Kinder auftaucht, um dort Schokolade oder Schinken zu verteilen. Schmeichler pendelt zwischen Miami, Singapur und Mölln, Schleswig-Holstein hin und her, seinen kleinen Bolonka Zwetna stets dabei.

Wir haben uns beim städtischen Schwimmbad verabredet, wo Florian Schmeichler der Geistesblitz höchstpersönlich und besonders häufig treffen soll. Wir fragen Florian, ob es die Nacktheit der Leute sein könnte, die ihm gewisse

Ideen-Impulse zu geben vermag oder die poetisch anmutende Spiegelung des Wassers etwas in seinem Inneren auslösen würde. Florian ist mit beiden Anregungen einverstanden, aber er möchte uns zuerst zu einem Wurst-Käse-Salat in der kleinen Bad-Kantine einladen.

Das sei der beste Wurst-Käse-Salat in ganz Deutschland, sagt er und nimmt sich gleich zwei Portionen, während wir uns gerne zu zweit einen Teller teilen. Florian weiht uns in die Welt seiner Inspiration ein: Es müsse ein Wochentag sein, wo er hier herkomme. Ein Dienstag wie heute sei perfekt. Ein Feiertag dürfe auf keinen Fall bevorstehen, denn da sei die Welt etwas verpeilt, meint Florian nachdenklich. Die Woche laufe an einem Dienstag aber erst langsam an, ebenso, wie sich die Ideen auch noch entwickeln können und sollen. Heute scheint ideal und wir sind zugegebenermaßen sehr aufgeregt. Zwar sehen wir den Zusammenhang zwischen Wochentag, Schwimmbad und Wurstsalat noch nicht, sind aber offen für Schmeichlers Geschichte.

Er müsse richtig satt sein, bevor er in die Badehose steige. Auch das ist für uns eher unlogisch, ja sogar etwas verantwortungslos und ungesund, aber wir lassen den Multimillionär weiterreden. Um anschließend ins Bad zu gelangen, müssen auch wir uns entblößen. Zu dritt betreten wir die gut gefüllte Halle und gehen Florian nach, der sich auf den Weg zum Becken mit den Sprungbrettern macht. Uns wird etwas mulmig zumute, denn in diesem Wasser, wo alle paar Sekunden ein Körper ins Wasser knallt, dürfen wir uns nicht aufhalten. Doch Florian winkt ab. Wir sollen ihm einfach folgen und das tun wir. Wir steigen hinter Florian auf der Leiter zum Siebenmeter-Sprungbrett hoch. „Sieben ist meine Lieblingszahl", verkündet Florian von oben herab und uns dünkt, als triefe etwas von Florians Spucke auf uns nieder.

Meiner Kollegin wird es schlecht und deswegen steigt sie wortlos wieder herunter, während ich allen Mut zusammennehme und meinen Scheitel dicht an Florians leicht rissigen Fersen, weiter die steile Leiter empor klettere. Oben angekommen, bittet mich Schmeichler mich aufs Brett zu setzen. Ich traue mich nicht nach unten zu schauen, und auch will ich mich derzeit keineswegs damit beschäftigen, wie ich hier wieder herunterkommen soll. Ich fokussiere mich ganz auf Schmeichler. Er steht kerzengerade, den Rücken zu mir gekehrt am äußersten Brettrand und spricht in die Luft. Ich verstehe nicht, was er sagt. Das Gekreische von den Kindern, der Schall der Halle, dazu seine nuschelnde Stimme verunmöglichen es mir, ihn akustisch deutlich genug zu hören. Einzig vereinzelte Wortfetzen vernehme ich, die ich auf dem Brett sitzend notiere und später am Schreibtisch wie ein Puzzle zu einem logischen Ganzen zusammenfügen werde.

Florian meint, dass der Wurstkäse-Salat gewiss eine zentrale Rolle spiele und dass er ein wenig zu viel davon essen müsse. Ein bisschen an der Grenze zur Übelkeit, die Essiggürkchen beim Aufstoßen noch subtil im Gaumen wahrnehmbar.

Das Gefühl müsse so sein, als wollte er sich eigentlich für ein Nickerchen hinlegen. Doch statt das zu tun, überwinde er seinen eigenen Schweinehund und steige da hoch. Dann gelte es abzuwarten und zwar an der Spitze des Sprungbrettes. Nach einer Weile komme die Eingebung für den nächsten Coup. Er höre die Idee als kleine Melodie im inneren Ohr echoen.

Ich schreibe geistesabwesend alles auf und warte darauf, dass Florian endlich aus meinen Augenwinkeln in die Tiefe verschwindet und schweigen möge. Mir ist etwas schwummrig vor Augen, als ich mein kariertes Blatt Papier betrachte, als plötzlich ein Schatten vor meinem Gesicht huscht. Es ist Florian. Er nimmt meine Hand, bittet mich aufzustehen. Ich rühre mich nicht von der Stelle, doch das Multitalent Schmeichler vermag mich hoch zu zerren bis es unter meinen Achseln schmerzhaft zieht und ich aus meiner Benommenheit wieder erwache.

Florian lächelt verschwörerisch: „Die Muse hat mich soeben geküsst. Aber das erzähle ich ein andermal." Ich kapiere nicht viel, denn in meinem Kopf dreht sich alles. Wir steigen beide die Leiter herunter. Florian ist unter mir und ruft zwischen meinen Beinen hindurch: „Früher bin ich gesprungen. Aber dann merkte ich, dass die Idee immer just mit dem Sprung flöten ging. Oben ist sie da, singt dir das kleine Lied im Kopf, doch sobald du unten aufklatschst, ist alles weg."

Wer sie jetzt tröstet

Die Ex-Geliebte des ehemaligen Kultfussballers Guillermo Falsetto musste in den letzten Monaten viel einstecken: Häme, Peinlichkeiten, Enthüllungen und zuletzt ein nie aufhörender Shitstorm in den sozialen Medien. Auch wenn die meisten Ereignisse selbst verschuldet waren, nicht einmal einem Feind wünscht man, was Linda Stütze erleben musste.

Am Ende konnte sie nur noch mantrisch und bis zur kompletten Erschöpfung wiederholen: „Es ist gemein. Es ist fies. Es ist gemein. Es ist fies." Dies so geschehen im Café Grand in der Hauptstadt vor ein paar Monaten, als der Ober einkassieren wollte und Linda ihn nur noch am Hosenbein halten und eben diese wirren Worte von sich geben konnte. Dass sie sich kurz darauf selbst in eine Nervenklinik einwies, ist nachvollziehbar und visionär, zumal sie dort auch endlich etwas an Gewicht gewinnen konnte, wie die Fotoserie in unserer letzten Ausgabe ausführlich zeigte.

Es sind schwere Zeiten, die auf Linda jetzt zukommen. Guillermo hat bereits eine neue, sehr attraktive Frau, die sogar mit Drillingen schwanger sein soll. Zudem steht Weihnachten vor der Tür. Linda hat, wie wir wissen, keine Eltern mehr, mit dem Bruder pflegt sie kaum Kontakt und Freunde haben sich seit Lindas Pleite und Auftritten in Containern von ihr abgewandt. Selbst solche, die stets für sie da sein wollten und dies vor laufenden Kameras kundtaten [siehe insbesondere Ausgabe 25/16] tun sich jetzt schwer die labile Frau zu ertragen. Sie sei irgendwie intensiv, hört man wiederholt berichten, und dennoch sei sie eine höchst verschlafene Gesprächspartnerin, die interesselos da sitze und irgendwie den Frieden störe. Wer sie jetzt wohl trösten mag?

Liebes-Dramolette

Wir wissen es schon lange. Das Leben schreibt die schönsten Geschichten. Besonders Liebesgeschichten sind kaum so anregend wie im richtigen Leben und mit ausgedachten Literaturgespinsten phantasievoller Schriftsteller nicht zu überbieten. In der aktuellen Jahresendausgabe, diesem vorliegenden Almanach, haben wir für Sie die Besten der Besten von diesem Jahr und aus der Mitte des Lebens zusammengestellt: die faszinierendsten Liebesgeschichten, die eindrucksvollsten Trennungen, die erstaunlichsten Liebes-Comebacks zum Nachlesen und alles bunt bebildert.

Aber dessen nicht genug! Unsere Astrologin Vera Glocke hat die kleinen Reportagen mit ihren kühnen Prognosen für das nächste Jahr so liebevoll wie schonungslos abgerundet. Nur hier erfahren Sie schon heute, was die Beteiligten selbst noch nicht zu ahnen wagen. Wir sind zudem mit einem preisgekrönten Regisseur-Duo zusammengesessen und haben die allerbesten Storys zu kleinen Dramoletten umgeschrieben, welche von Absolventen der Schauspielschule ab Mitte Februar auf der Bühne des Staatstheaters Hannover nachgespielt werden. Die Rollen waren ebenso heiß begehrt wie es die Tickets sind. Der offizielle Vorverkauf beginnt gleich nach Weihnachten, aber schon jetzt laufen die Telefone heiß. Sichern Sie sich daher Ihre Eintrittskarte am besten direkt über unser Exklusiv-Kontingent.

Wir haben die Bilder

Wir haben Bilder, die den schweren Verdacht gegen Gabi Fajka bestätigen. Aus rechtlichen Gründen ist dieses brisante Fotomaterial allerdings erst nach der Verhandlung für die Presse freigegeben. Wir werden dessen ungeachtet aus moralischen Erwägungen heraus darauf verzichten, die schockierenden, zuweilen abstoßenden und in jeder Hinsicht unappetitlichen Bilder in unserem Magazin zu publizieren.

Die Verhandlung findet am 26. Juli um 11 Uhr in Dortmund statt. Unsere Korrespondentin Heike Socke wird der gesamten Gerichtsverhandlung, welche sich Rechtsexperten zufolge vermutlich über mehrere Etappen hinweg hinziehen wird, vor Ort beiwohnen und live in unserer TV-Sendung über die Einzelheiten berichten.

Frei wie ein Vogel

Wie Sie sehen, sehen Sie nichts. Oder doch? So könnte jedenfalls der Titel des neuen Films heißen. Ein Beleuchter von der Filmagentur Grillknoch aus Berlin packt jetzt aus: „Sie liebten sich wirklich. Es war heiß. Sein Geschlechtsteil war frei wie ein Vogel. Er konnte damit anstellen, was er wollte. Nichts war angebunden und wir vom Set sind ja zum Schweigen verpflichtet." Warum er denn spreche, hakt unsere Reporterin nach. Der Mann habe nichts mehr zu verlieren. Er habe die Schnauze voll vom Film und den Egomanen.

„Termindruck, unterirdisch miese Löhne, lange Arbeitszeiten und dazu die schlechten Launen von Regisseuren und Schauspielern. Aber vor allem war es nur widerlich. Das Baumeln, Pendeln, Schwingen, Schaukeln. Die Bilder gehen mir nicht mehr aus dem Kopf. " Der Mann, der seit zwanzig Jahren in vielen Blockbustern für exzellentes Licht gesorgt hatte, alle kennt und sich nie zu schade war, seinen Schokoriegel den Kleinen der jungen Schauspielerinnen zu überlassen, wirkt nachdenklich als er seine Zigarette ausdrückt: „Auf die leberwurstfarbene [hautfarbene, Anm. d. Red.] Wäsche verzichteten beide von vornherein. Fast so, als hätten sie das schon vorher miteinander vereinbart. Es kam mir sehr merkwürdig vor. Schon als ich sie nackt und heiter ans Set kommen sah.". Die beiden setzten sich mit ihren blanken Pos auf die Stoffpolster des Sofas. Er telefonierte noch und sie feilte sich ihre Nägel. Dabei tranken sie seelenruhig ihren Kaffee, als wäre das Set neuerdings ein Nudistentreffpunkt. Er könnte noch mehr erzählen, aber das soll uns fürs Erste reichen. Im Moment möchte er sich ein wenig zurückziehen, Abstand haben und sich vom visuellen Schock erholen.

Wir verabschieden uns, ohne, dass er uns seine Telefonnummer gibt. Er ist Profi, der weiß, wann genug gesagt wurde, und wir respektieren seinen Entscheid. Schon lange kursieren die Gerüchte, da sei bei den beiden Schauspielern Meike Kringel und Thorsten Golonka mehr als eine Freundschaft zwischen Kollegen, die einander schätzen. Man will sie im vergangenen September nicht nur ins Hotel reingehen gesehen haben, sondern verließen beide erst am nächsten Tag in einem zeitlichen Abstand von nur zehn Minuten das Hotel grinsend. Fotos gibt es davon keine. Dementi allerdings bleiben aus. Prekär: beide sind verheiratet und haben Kinder. Nur Kringel wäre mit einem Ehevertrag im Falle einer Trennung abgesichert. Die heißen Filmszenen anzuschauen, wird für die beiden (Noch)Ehepartner jedenfalls kein Vergnügen sein. Der Film ist laut ersten Kritikern jedoch allemal sehenswert, bestätigte uns der Filmexperte auf Nachfrage. Vielleicht schaut man hie und da etwas genauer hin als sonst. Am nächsten Samstag ist Premiere in Hamburg.

Gumka bricht ihr Schweigen

Wir treffen Renate Gumka beim Ostereierbemalen in Fulda an, wo sich die Schlagerelite alljährlich trifft. "Alles versäumt", meint Renate geistesabwesend, als wir sie mit Wangenküsschen begrüßen. Wir möchten uns Zeit nehmen für das Interview und die muntere Atmosphäre an diesem sonnigen Vormittag nicht stören. Wir entdecken viele außerordentliche Eierbemalungen: die wiederkehrenden Blumenmotive in allen Varianten, lustige Eierköpfe mit Augen, Nasen, Mündern, sogar karierte Eier sind dabei. Ein Ei sticht kreativ besonders hervor. Es ist farblich relativ gedeckt gehalten und stellt einen simplen Tunnel dar. Welcher Schlagerstar auf diese kühne Idee wohl kam?

Wir trauen uns nicht, die noch etwas feuchten Eier anzufassen. Stattdessen schenken wir Kaffee ein und rücken das Körbchen mit den Croissants näher zu uns. Gumka legt ihren Pinsel weg. Sie bittet uns die Fragen, die wir mitgebracht haben wieder wegzuräumen. Sie möchte uns etwas gestehen. „Ich habe nie getrunken und keine Affäre gehabt", äußert sie wehmütig. Wir möchten einrenken und ihr sagen, dass wir und die Welt sie ja just für diese Seite so mögen und schätzen. Unsere saubere, brave Renate, die durch und durch lieb ist und ein fesches Mädel zum Knuddeln! Dazu ihre glockenhelle Stimme, die uns verzaubert, ihre so wunderbar gute Laune, ihr welliges, langes Haar, ihr leichter

Hüftschwung, die aufgeplusterten Bäckchen, wenn sie singt. Aber Renate winkt ab. Es ist ihr ein Anliegen, mit uns ernsthaft zu sprechen. Für Späße ist sie heute wenig aufgelegt. Während sie ihren Croissant in ein Töpfchen mit Konfitüre tunkt, fährt sie fort: "Schade, schade, schade." Sie seufzt. "Ich bereue viel. Beispielsweise keinen Gerichtprozess gehabt zu haben." Etwas lauter, sodass sich der nicht mehr ganz so taufrische Volksmusikonkel und Lautenvirtuose Horst Zapfen umdreht, ruft sie: "Stellt euch vor, ich war noch nie in einem Gerichtssaal! Das ist doch höchst sonderbar und nicht normal!?"

Wir wissen darauf keine Antwort und schweigen. Gumka erzählt weiter: "Ich habe keine Schulden. Die Häuser sind seit Jahren abbezahlt. Meine Managerin ist seit jeher für meine Buchhaltung zuständig. Sie arbeitet gut und ordentlich und würde mich nie im Leben hintergehen. Diese Redlichkeit ist löblich, allerdings auch bedenklich." Wir geben Renate recht und pflichten ihr bei, dass diese Qualität heutzutage eine Seltenheit sei. Sie finde es außerdem frustrierend, dass sie ihr Körpergewicht halten könne, obschon sie längst kein Yoga mehr mache und häufig Süßes nasche. "Cocktails?!", ruft sie plötzlich gellend und ein Kellner eilt herbei, weil er sich angesprochen fühlt. Wir scheuchen ihn wieder weg und die zierliche Frau teilt mit: "Ich kenne keine Cocktails. Das ist mir sehr peinlich. Ich gehe auf die fünfzig zu und habe keine Ahnung, was ein „B 52" ist, wie sich die „Piña Colada" zusammensetzt, was es auf sich hat mit dem „Sex on the Beach" Cocktail. Ich habe keinen Schimmer, ob sich ein „Cuba Libre" besser vor oder ein „White Russian" nach dem Essen vorzüglich macht oder umgekehrt. Was ist das überhaupt: ein Drink?! Ist ein Cocktail etwas anderes? Darf ich das Beiwerk vom Glasrand verspeisen? Soll ich eine Olive oder eine Kirsche, die im Glas herumschwimmt, herausfischen? Wenn ja, zu welchem Zeitpunkt und wie? Ich habe zudem keinen Schimmer, ob mir ein „Pink Lady" gut bekäme oder ein „Zombie" besser schmecken würde als ein „Kamikaze".

Es ist uns etwas unwohl, da wir tatsächlich alle diese Getränke kennen und in unserem Leben zuhauf konsumiert haben. "Ich könnte nicht einmal entscheiden, ob ich etwas auf Eis oder ohne bestellen sollte, ob ich es geschüttelt oder gerührt wollte. Ich bin echt der erbärmlichste Looser. Kürzlich spendierte mir einer einen Tequila. Ich habe das Getränk gesalzen und die Zitrone ins Glas gepresst. Denn woher sollte ich das mit dem Streuen und Lecken denn wissen? Mir hat das keiner beigebracht!!!"

Wir schlucken leer und greifen peinlich berührt zu den Croissants. Renate lässt uns wissen, dass sie es in den letzten Monaten ordentlich krachen ließ: "Ich bin zu schnell gefahren, habe meinen Wagen tagelang in Parkverboten abgestellt, aber nie ein Knöllchen bekommen. Wenn man mich erwischte, wollten die Leute ein Autogramm, ein Selfie, drückten ein Auge zu oder gaben mir einen aufmunternden Klaps auf den Po. Ich habe mich auf Veranstaltungen vollaufen lassen, doch bevor ich etwas vom Rausch hatte, schlief ich ein und wurde mit einem Taxi ins Hotel gefahren. Dieser Promi-Bonus ist doch ätzend." Sie finde das Leben ungerecht und nicht fair. Soviel heile Welt halte kein Mensch aus, auch sie nicht. Sie fühle daher langsam eine Art Bitterkeit aufkommen. Sie sei voll von Kummer und Bedrücktheit. Sie fühle sich dem reibungslosen, glatten und unbeschwerten Leben ohnmächtig ausgeliefert und das mache die erfolgsverwöhnte Renate Gumka unendlich traurig.

Alles echt

Intime Einblicke gewährte uns unlängst Franziska Wolle, der nationale Darling der Neunziger Jahre und allen als „unser Knübelchen" noch in bester Erinnerung. Wir haben sie kaum wiedererkannt. Brille, kein Make Up, das Haar unstrukturiert zusammengeknotet. Sie riecht etwas streng, ein wenig nach Knoblauch, vielleicht Stallgeruch, das Gesicht speckig glänzend, und ihre Fingernägel sind nicht nur schmutzig, sondern eigenartig gerillt sowie schiefergrau in der Farbe. Instinktiv machen wir uns Sorgen, tauschen verstohlene Blicke aus, sind verunsichert, ob wir nicht noch länger hätten warten sollen mit dem Treffen.

Noch vor zwei Jahren besuchten wir Knübelchen in einer Entzugsklinik. Damals war nicht sicher, ob sie die Kurve überhaupt schaffen würde. Doch Franziskas Facebook-Seite ist gepflegt, wirkt seit Monaten aufgeräumt und wird so regulär mit differenzierten, zuweilen hoch-philosophischen Inhalten gefüttert, sodass wir keinen Zweifel hegten, dass es der einstigen Dressur-Reiterin heute wieder bestens ergehen muss. Wir haben uns in einem entlegenen Bahnhofsrestaurant verabredet. Wir sehen Franziska mit einem kleinen Fiat heranfahren. Sie wohnt auf einem Bauernhof, hat dort ein paar Tiere, einen großen Garten, verbringt viel Zeit beim Lesen und pflegt ihre beachtenswerte Untertassensammlung, die sie mit Stolz erfüllt, da die dazugehörigen Tassen nirgendwo mehr zu erwerben sind. Sie begrüßt uns mit einem starken Händedruck. Wir setzen uns, aber Franziska bleibt stehen.

Vor Aller Augen beginnt sie sich auszuziehen. Wir sind verwirrt. Mit Rippunterwäsche steht sie auf einmal vor uns. Es ist uns unangenehm. Die umgebenden Gäste beginnen zu tuscheln. "Nichts ist mehr wie es war", eröffnet Franziska relativ lautstark das Gespräch. "Dellen. Krater. Wulste. Lappen. Besenreiser. Und ja: REITER-HOSEN!" Franziska schreit uns jetzt an und wiederholt unablässig sichtlich verstört: „Reiterhoooosen! Fettwulste! Reiterhoooosen!" Sie scheint wie im Taumel. Sie tobt, stampft auf dem Boden, gibt gellende Geräusche von sich, zuckt mit dem Körper. Immer wieder vernehmen wir „Reiterhosen! Reiterhosen!" Franziska beginnt zu galoppieren. Erst aus dem Stand, dann fegt sie um die Tische herum, steigt auf die Bar und wiehert uns von dort an.

Unser Fotograf legt bedächtig die Kamera auf den Tisch. Das ist zu unwürdig, zu unästhetisch. Franziska steigt von der Bar und kehrt, scheinbar wieder gesammelt zu uns zurück. Wir sind überzeugt, dass die Vorführung vorbei ist, doch wir irren. Wolle kommt uns diesmal noch näher, und da zupft sie erneut an ihrem fleckig anmutenden Körper herum, faltet die blasse Haut, schlabbert mit den Oberschenkeln, drückt auf dem welligen Bauch und am knittrigen Po vor unseren Gesichtern herum. Dazu röhrt sie: "Da! Da! Da! Seht her! Da! Da! Wer will anfassen? Na! Guckt nur! Sperrt gut die Augen auf. Da! Da! Da!" Wir sind zerstreut und schlagen Franziska vor, ein andermal wiederzukommen.

Familiendrama

Bei den Knorpels spielte sich am Wochenende ein Familiendrama ab. Die Mutter entpuppte sich als Spielsüchtige und drohte ihrer berühmten Tochter ihr Schweigen zu brechen und mit der Wahrheit sowie mit brisanten Fotos an die Presse zu gehen, wenn ihr die Tochter nicht sofort dreitausend Euro geben würde, damit Mutter Knorpel damit ins Casino gehen konnte. Die beiden Frauen konnten sich verbal nicht einigen und dreschten stattdessen wild aufeinander ein. Zudem schrien sie sich in ohrenbetäubenden Tönen die Seelen aus dem Leib. Man verstand kein Wort, aber die markerschütternden Laute waren noch bis zu drei Häuserblocks weit zu vernehmen. Auf dem Gehsteig fand man am Folgetag ein paar Holzlöffel, Fingernägel sowie das Gebiss der Mutter.

Als der Schwiegersohn versuchte die Situation mit rhetorischen Mitteln zu schlichten, die dabei war, zu eskalieren, stand er versehentlich auf den kleinen Yorkshire Terrier und brach ihm zwei Pfoten. Der kleine Familienliebling verstarb noch am selben Abend, allerdings rein zufällig an einer allergischen Reaktion auf einen Gummihandschuh, den er zuvor im Wartezimmer der Tierklinik gefressen hatte. Kurz darauf wurde ein Insolvenzverfahren eingeleitet. Die Mutter hatte offenbar doch alle Häuser verzockt und bestätigte das Gerücht, das seit Wochen rumorte. Tochter und Mutter haben sich durch diesen

Schicksalsschlag jedoch unerwartet wieder zusammengerauft und planen jetzt eine Fernsehdokumentation, die ihnen aus der gröbsten finanziellen Not helfen sollte.

Der Schwiegersohn musste das gemeinsame Haus am vergangenen Mittwoch verlassen. Einen Hundemörder mochten die beiden Frauen nicht um sich dulden. Die Scheidung soll aufgrund der dramatischen Umstände und wegen der bevorstehenden Dreharbeiten bereits in drei Wochen vollzogen werden.

Bommel in flagrante erwischt

Schon lange kursieren Gerüchte, jetzt aber können wir zu den Spekulationen der vergangenen Monate Bildmaterial nachliefern: Tanja Bommel, allgemein bekannt als "die fränkische Sultanine", hat es getan und offenbar immer wieder getan. Die Bilder zeigen die ehemalige Europameistern am Pauschenpferd gegenwärtig am Currywurststand. Sie wischt sich gerade etwas Senf vom Mund ab, als wir, mit der laufenden Kamera in der Hand, auf sie zukommen. Tanja nickt uns freundlich zu, als wüsste sie bereits, was sie im nächsten Augenblick erwartet. Unser Kameramann kommt der Frau näher und siehe da, sie kooperiert. Tanja hält die angebissene Wurst in die Kamera und führt dann das Fleisch bedeutungsvoll in ihren Mund. Sie kaut ausgiebig, rollt ihre Augen, als hätte sie nichts zu verbergen.

Wir haben die Bilder, die wir haben wollen und setzen uns mit Tanja auf die kleine Plastikbank vor der mobilen Würstchenbude. Habe sie denn nicht kürzlich erst einen Vertrag mit einer vegetarischen Fastfoodkette unterzeichnet? „Die Veganerin der Nation" sei sie nie gewesen, meint Bommel lakonisch. Diesen Titel hätten ihr die Medien ungefragt gegeben. Trotzdem wollen wir wissen, wie das einhergehe mit dem Vegetarier-Dasein und dem Akt des Würstchenverzehrens in aller Öffentlichkeit. Bommel ist geradlinig: "Der Vertrag ist Geschichte." Man habe sich nach ausgiebigen Debatten letztendlich getrennt. Uns geht das zu schnell und wir bitten die drahtige, aber attraktive junge Frau alles nochmals von vorn zu erzählen. Tanja sagt, dass sie schon immer Fleisch gegessen habe. In ihrer ganzen Familie seien nur Fleischesser, was wenig verwundert, führt der Bommel-Clan seit drei Generationen eine Dorfmetzgerei.

"Ich bin ein Fleischtiger. Ich werde nervös, wenn ich zu lange kein Entrecôte auf meinem Teller gesehen habe. Das Fleisch – mein Fleisch – ist schwach." Wir möchten besser nachvollziehen, was in Bommels Kopf vorgeht und warum sie sich denn öffentlich als Vegetarierin gibt, aber augenfällig Fleischesserin ist. Tanja korrigiert uns: "Ich habe nie behauptet kein Fleisch zu essen. Ich habe mich aber durchaus gerne für die Veggie-Community stark gemacht."

Tanja finde diese Bewegung toll und möchte unterstützen, wo sie nur kann. Sie argumentiert pointiert: "Wenn ich mich für einen Fußballclub einsetze, muss ich ja nicht gleich mitkicken, um glaubwürdig herüberzukommen. Im Gegenteil: würde ich mitspielen, wäre das ziemlich unglaubhaft. Die Leute glauben nicht an den Weihnachtsmann. Ich sagte denen damals sie sollen mich meinetwegen Flexitarier nennen und die Veganerin streichen. Denn ich kaue ja kaum permanent auf einem Leberwurstknödel herum, sondern bin so gesehen ein klassischer Teilzeit-Veggie: Mal Fleisch, mal eben keins. Doch Flexitarier erinnerte die Bosse offensichtlich ans Fach der Dinosaurier. Deswegen war das eine ziemlich harzige Diskussion gewesen mit dem Deal, dem ganzen Paläontologie-Zirkus."

Wir staunen über ihre Offenherzigkeit und haken nach, ob denn der Ausschlag gab, dass man in den Medien seit Wochen munkelte, Tanja sei möglicherweise öfters am Currystand als im Sportstudio anzutreffen und man ihr das auch sichtlich um die Hüfte herum ansehen würde. Immerhin kamen auch wir zu ihr, weil wir uns vor Ort selbst ein Bild machen wollten: Ein Bild von der Wurst, der Hüfte, der ehemaligen Turnerin. Tanja winkt ab. „Heimlich Fleisch zu essen wäre erlaubt gewesen, aber dann wollten sie meine Essgewohnheiten partout nicht akzeptieren."

Tanja habe eine Vorliebe für verarbeitetes Fleisch oder von Tieren, die hierzulande selten auf den Tisch kommen. „Wir wollten uns mittig treffen, aber wir wurden uns nicht einig. Ich sagte: Känguru- oder Krokodil-Steak, sie entgegneten: Gulasch. Ich fragte: Wäre Taube erlaubt? Sie schüttelten den Kopf und meinten: Truten. Ich schlug weiter vor: Rentier. Aber sie bloß: Rindsfilet." Sie wollten Bommel auch ihr geliebtes Foie gras oder den fränkischen Presskopf gänzlich verbieten und empfahlen ersatzweise Brät. „Mein Herz schlägt zudem für Kalbsdrüsen, Kalbsnierchen und Schweineschnauze."

Tanja weiht uns in die „nose to tail" Philosophie ein und verrät uns freudetrunken ein paar herzhafte Rezepte: Roulade vom Kalbszwerchfell mit

Lauchrisotto. Geschmorter Schweinebauch, dazu Möhrchen. Knusprige Schweinebäckchen an Steinpilzsauce und Sauerkraut. Rinderherz im Heu gegart oder Rindsnierzapfen auf Kartoffelstampf. „Jedoch kein Rezept und kein Argument haben ausgereicht, um die Vertragsauflösung abzuwenden", gesteht uns Tanja enttäuscht. Ebenso wenig, wie Tanja Bommels Beteuerung, dass sie für Omas Falschen Hasen sterben könnte und sie sich Innereien einzig an besonderen Anlässen gönnen würde.

Heute Morgen in der Früh erreichte uns die Meldung von Bommels Management, dass der Vertrag im Beisein der beiden zerstrittenen Parteien und deren Anwälten morgen in Kassel endgültig annulliert wird.

Verdächtige Wölbung

Es ist nicht mehr zu übersehen. Die Wölbung ist Tatsache. Flavia Gnätsch versuchte in den letzten Monaten hinter weiten Schals die kleine Kuppe zu verstecken. Jetzt hat sie ein Fotograf auf dem Kurfürstendamm in Berlin endlich erwischt. Nun können es alle sehen und eindeutig bestätigen: Flavia hatte den Mund zu voll genommen, denn die Wunderdiät hatte offenbar doch nicht angeschlagen, im Gegenteil: Die Musikerin mit der begnadeten Soulstimme ist fülliger denn je und ihr Doppelkinn ist jetzt unverkennbar ein prächtiger Trippelwulst, der Bände spricht und seinesgleichen sucht.

Öffentliches Tätscheln entsetzt die Welt

Bettina Glutschge, die schöne Brünette mit den
höchst versicherten Zweimeterbeinen hierzulande, hat es erneut getan: In aller Öffentlichkeit
berührte das androgyne High Fashion Manne-
quin mit ihrer bloßen, knochigen Hand ihren
älteren Liebhaber Claudio Knospe mitten ins
Gesicht. Bereits in der Woche zuvor verging sie
sich an dessen Stirn und Wangen. Ob sie ihn
dabei zwackte oder bloß tätschelte, konnte der
Fotograf nicht einfangen.

Neu aufgetauchte Bilder zeigen jedoch, dass
Bettina dieses befremdende Verhalten bereits vor
Jahren praktizierte, als die Frau, damals noch
aschblond, relativ unbekannt und medienscheu
war. Zu jener Zeit zog sie ihren damaligen
Freund Uwe Knoblauch wörtlich die Ohren lang,
als er gerade dabei war einen Hotdog zu verspeisen. Am helllichten Tag zog sie nun Knospe
nach diesem verstörenden Ereignis beidhändig
am Kinn zu sich heran, um ihn nicht etwa zu
küssen, sondern um ihm zunächst auf der Nasen-
spitze mit den Fingern herumzutanzen, sodann,
um ihre dürren Ringfinger in seine Nasenlöcher
zu stecken und als Abschluss, eine Weile re-
gungslos in dieser Pose zu verweilen und ihn mit
großen Augen liebevoll anzublicken.

Dieses fragwürdige und irritierende Gebaren,
zudem höchst unhygienisch, ist für beide so
bemitleidenswert wie erbärmlich. Gute Freunde,

die verständlicherweise anonym bleiben möchten, behaupten, dass dieses Benehmen und die Fixierung auf das Gesicht des Partners, dieser Drang zu ziehen, zu klopfen oder zu kneifen bei Bettina pathologisch sei. „Wie Frauchen mit Hundchen" titelte eine Abendzeitung. Das Feuilleton ergründete die Angelegenheit von der rechtlich-moralisch-psychologischen Seite mit der Überschrift: „Grenzüberschreitung? Oder: Wem gehört das eigene Gesicht, wenn es geliebt wird und wo verläuft die privat-öffentliche Linie angesichts öffentlicher Personen im öffentlichen Raum?" Ein anderes Blatt fragte unverhohlen „Was soll das, Bettina?" Wir wissen es auch nicht, aber wir beraten uns noch mit Psychologen und Soziologen und berichten bald wieder.

Nie mehr Sex

Als erstes Team überhaupt hat uns "Die Kröte"
in ihr Domizil eingeladen. Sie öffnete uns die
Türen zu ihrem Kleiderschrank [Markenkleider,
aber vor allem Leggins, Jeggins, Treggins, Anm.
d. Red.], zeigte uns den Inhalt ihres Kühl-
schranks [Kefir, Molke sowie eine erlesene Senf-
Sammlung aus Frankreich, Anm. d. Red.], und
sie gewährte uns freie Einblicke in ihr rosafarbe-
nes Schlafzimmer [Rüschen, Tüll und einen
Haufen Country-Kitsch, Anm. d. Red."].

Wir führten das Interview auf Wunsch der Kröte
in ihrem Dreifachbett, in dem sie offenbar gerne
Mett-Brötchen vertilgt. "Im Bett gibt's Mett",
fasst der Rotschopf keck zusammen, und weil sie
Lust auf Mett bekommt, begleiten wir sie in ihre
geräumige Wohnküche, wo sie leckere Semmeln
für sich und uns zubereitet, während sie frisch
von der Leber über ihre Sorgen [ihre krummen
Füße, Anm. d. Red.] und ihren Wunsch, einmal
die Tagesschau moderieren zu dürfen, spricht.
„Das wäre der Höhepunkt. Danach würden mich
die Leute endlich ernst nehmen und mich anerkennen. Ich bin nämlich viel mehr als die Pro-
jektionsfläche, die man sieht. Ich habe viele
innere Werte."

Das Haus ist groß genug für einen Mann, gar
eine kleine Familie – kurz, es liegt auf der Hand
die Kröte zu fragen, wie es um die Familienpla-
nung stehe und wer das Privileg hat sie derzeit

ausführen zu dürfen. Sie sei doch neuerdings asexuell. Ob wir ihrem Gezwitscher nicht folgen würden, fragt die lockige Frau und schaut uns leicht enttäuscht an, während sie gleichzeitig ihre typische Krötenschnute zieht und vor unserem Fotografen zu posieren beginnt.

Sie wackelt mit ihrem imposanten Vorgebirge und bittet den Kameramann unmissverständlich ihren tiefen Ausschnitt mit der Kameralinse einzufangen. Der Fotograf gehorcht flugs und wir sehen der fast zwanzigminütigen Fotosession gefesselt zu. Wir stellen fest, dass sie die Beste ist. Denn keine, die sich so gut räkeln kann wie „Die Kröte". Diese Sexbombe pur, unser Export-schlager in Sachen Reizüberflutung, ernsthaft eine Asexuelle? Sie wolle uns doch bloß ne-cken!?" doppeln wir daher nach. „Aber nein! Es ist wahr! Geschworen auf meine beiden Hupen und den Hintern von Tante Trudy aus Kentu-cky!", ruft sie uns entgegen und büschelt ihren Busen erneut.

Es ist ihr offenbar ganz ernst damit. Ein Mann habe keinen Platz in ihrem Leben, meint sie, fast ein wenig gekränkt, weil wir ihr nicht so recht glauben wollen. Sie habe nichts gegen Treffen, ein Abendessen, ein Glas Wein. „Na, vielleicht ein bisschen Fummeln, aber dann ist Schluss!". Sex? Der komme ihr nicht mehr so schnell ins Haus. Wir merken, dass sie meint, was sie sagt. „Ich habe mein gesamtes Sexspielzeug für einen guten Zweck versteigern lassen." Karriere, Kar-riere und unzählige Angebote: das alles spräche momentan dagegen. Und ein bisschen müde sei sie zudem. Vor allem aber spare sie sich auf.

„Wenn ich lange genug warte, bin ich wieder Jungfrau", sagt sie überzeugt. Nicht zuletzt, habe sie sich in einen Schauspielkurs in Los Angeles eingeschrieben, denn ohne Schauspielerei käme sie nicht weiter. „Sobald meine Möpse den Kampf gegen die Schwerkraft verlieren, muss ich auf andere Talente zurückgreifen und weil ich keine Talente mehr habe, muss ich die eben pauken. Es ist wichtig ein zweites, drittes, viertes wirtschaftliches Standbein zu haben, denn die Konkurrenz schläft nicht." Selbstbewusst und gewitzt ist sie, das muss man der hübschen Frau lassen. Sie schaue derweil lieber fern [am liebsten „Die Tagesschau", Anm. d. Red.]. Sie dusche gerne ausgiebig und denke dann über ihren Körper nach [derzeit über den Bauchnabel, Anm. d. Red.]. Ab und an gönne sie sich ein Eierlikörchen. Dazu Mett im Bett und seelenfroh sei dann die Kröte.

Vom roten Teppich

Kein Teppich wird so selten gesaugt wie der rote. Gerade mal vor und nach dem Einsatz nämlich. Es gibt wenig Speisekrümel auf dem roten Teppich und auch keine Asche, denn es darf darauf nicht geraucht, nicht gegessen und nicht getrunken werden. Hunde oder Katzen sind auf roten Teppichen höchst selten gesehene Gäste, sodass sich kaum Tierhaare auf dem Teppich vorfinden. Gelegentlich jedoch taucht Taubenkot auf, da die roten Teppiche vorwiegend in Großstädten ausgerollt werden, wo es von diesen Vögeln eine Menge gibt und die kleinen Exkremente dann auf Absätzen oder in den langen Abendkleidern unbeabsichtigt auf den Teppich eingeschleppt werden. Auf dem roten Teppich ist es ansonsten wie anderswo auch: Fusseln, Fusseln, Fusseln.

Noch nie sah sie so gut aus!
Schlagzeilen im Überblick

Januar: Endlich getrennt – noch nie sah Birte
Füßchen so gut aus! Februar: Ein Neuer? – noch
nie sah Birte Füßchen so gut aus! März: Das
kann nur die wahre Liebe. Dieser Glanz im Haar,
diese Ausstrahlung, dieses sichtbare Glück! –
noch nie sah Birte Füßchen so gut aus! April:
Schwanger? – noch nie sah Birte Füßchen so gut
aus! Mai: Die neue Extrem-Diät hält Birte Füßchen in Form – noch nie sah Birte Füßchen so
gut aus! Juni: Endlich Ferien und die stehen ihr
gut. Birte kann sich im Bikini sehen lassen –
noch nie sah Birte Füßchen so gut aus! Juli: Es
ist aus – aber noch nie sah Birte Füßchen so gut
aus! August: Ein Filmangebot aus Hollywood so
gut wie sicher, kein Wunder strahlt Birte Füßchen über beide Ohren. Wir sehen klar und deutlich: Noch nie sah Birte Füßchen so gut aus!
September: Wer ist der Mann, der mit ihr ans
Meer fuhr? – noch nie sah Birte Füßchen so gut
aus! Oktober: Alles nur Photoshop – wie Birte
Füßchen wirklich aussieht. November: Die bear-
beiteten Bilder wurden absichtlich negativ bear-
beitet. Birte Füßchen schlägt zurück und zeigt:
noch nie sah sie so gut aus! Ungeschminkt. Im
Schlaf. Beim Jäten. Dezember: Seit Wochen
wurde Birte Füßchen nicht gesehen. Wo ist Birte
Füßchen? Wie sieht sie wohl aus?

Sie sind gescheitert

Sie waren das Traumpaar schlechthin. Keiner war so erfolgreich wie er, keine je so anmutig wie sie und erst die tollen Kinder! Nun ist auch dieses Paar Geschichte und jeder geht fortan seinen eigenen Weg. Gabriel Schörly ist ausgezogen, Ulrike Schörly-Fazit ist in ihr Feriendomizil verreist. Alle Termine wurden abgesagt, gemeinsame Fotos in den sozialen Medien entfernt. Ulrike war seit Tagen nicht mehr online. Gabriel hat seinen Status zum Zivilstand auf „Was auch immer, sagts mir" geändert. Bislang wird seitens der beiden Managements die angebliche Trennung heftig dementiert, aber die Anwälte sind längst eingeschaltet.

Wie wichtig die beiden tatsächlich in der Kunstwelt sind, zeigt sich anhand der New York City Square Times. Die renommierte Zeitung ergänzt ihre aktuelle Freitagsausgabe mit einer deutschsprachigen Beilage und huldigt Gabriel mit einem zweiseitigen Artikel. Das Blatt fasst auf der ersten Seite wie folgt zusammen: „Noch vorgestern spielte Gabriel Schörly im Zerbrochenen Krug von Heinrich von Kleist in Berlin vor tobendem Publikum. Noch gestern war er als Baron in Strauss' Rosenkavalier zu bewundern. Heute ist er ein zerbrochener Mann. Und morgen steht der Rosenkrieg bevor." Über Ulrike Schörly-Fazit lesen wir: „Augenringe, Krähenfüße UND Damenbart. Fazit: Far too much, Ulrike." Wir verneigen uns für den kulturellen

Beitrag, den Ulrike und Gabriel unermüdlich geleistet haben und wünschen den beiden Zerbrochenen Glück und Geschick in der zu erwartenden Scheidungsschlacht.

Mary-Lou und ihre neue Show

Die neue Bühnenshow von Mary-Lou Kulka irritierte ungeheuerlich. Keine weichen Bewegungen, keine tanzenden Arme, keine sich ganz durchstreckenden Beine, stattdessen verstörtes Gehopse, abartig weite Hosenkleider, chronisches Gestakse und ein konstantes Kollektiv-Quieken aus dem Hintergrund.

Die einstige Diva versuchte offenbar mit allen Mitteln aufzufallen, ohne dabei auf die bewährten Mittel von einst zurückgreifen zu wollen. Was früher Netzstrumpf und Stöckelschuh war, ist heute einem karierten Beinkleid und einem blauen Nacktschuh gewichen: zu Ungunsten von Mary-Lou und zum Unmut des bestürzten Publikums. Es hätte Mary-Lou's Comeback werden können, von dem sie so lange geträumt hatte, doch die Künstlerin erntete einzig Spott und konsternierte Blicke. Die Töne sang Mary Lou beharrlich schief und die Diktion ließ viel Raum für Interpretationen übrig. Man war sich selbst bei geschlossenen Augen nicht sicher, ob Mary-Lou auf Deutsch, Dänisch oder Norwegisch sang.

Es gab vermeintlich viel zu sehen, denn auf der Bühne ging es lichttechnisch zu und her wie auf einer Kirmes. Es flackerte unentwegt, vor allem dann, wenn die Bühne leer war. Ältere Menschen beschwerten sich später über das Lichtspektakel, das sie blendete und keinen Mehrwert schaffte.

Sie kritisierten auch die fehlende Pause, die sie dringend gebraucht hätten, um sich zu erleichtern. Da sie nichts verpassen wollte, entschied eine ältere Frau auf ihrem Stuhl sitzen zu bleiben und urinierte spontan in die Hose. Das Feuerwerk am Ende der Show war überflüssig, fanden viele. Es knallte überdies derart laut, dass es das kleine Orchester für einen Moment übertönte und manche Hörgeräte zum Absturz brachte. Zudem war der Akt auch aus visueller Sicht höchst unnötig, denn das Feuer flackerte bloß schwach und beleuchtete einzig die vorwiegend bärtigen Tänzer, während Mary-Lou zum wiederholten Mal hinter der Bühne war, um sich ein letztes Mal umzuziehen.

Die Sängerin, die sich inzwischen als avantgardistisches Gesamtkunstwerk sieht, verschwand während des Konzerts abermals singend und man suchte die Frau dann vergeblich auf der Bühne, weil der jeweilige Abgang höchst willkürlich und ungewollt anmutete und zudem der nie abbrechende Gesang verunsicherte. Mary-Lou's Schaukel-Spiel über den Köpfen der Zuschauer am Ende des zweistündigen Konzerts war als Höhepunkt gedacht, jedoch de facto bloß eine weitere Absonderlichkeit. Die sichtlich erschöpfte Frau konnte auf dem kleinen Holzstäbchen kaum Balance halten, sodass den Besuchern der Atem stockte. Trotz der Nacktgummischuhe rutschte Mary-Lou mehrmals auf dem Stäbchen unelegant aus, und durch den langen Rock hindurch konnte man dann ihren befremdend männerslipartigen Schlüpfer in Giftgrün erkennen. Darüber hinaus vergaß Mary-Lou immer wieder ihren Text und schien nicht besonders vertraut zu sein mit der Abfolge der Choreographie.

Alles Brillenträger

Wir haben es schon immer geahnt. Kaum eine oder einer, ob aus Hollywood, aus Las Vegas oder aus einer kleinen TV-Show hierzulande, die oder der nicht Brillenträgerin beziehungsweise Brillenträger ist. Der berühmte Modefotograf Nielsen Schlaafsägg aus Norwegen, der sich in letzter Zeit mit Naturfotografie beeindruckend hervortat, hatte sie bereits alle vor der Linse.

In über dreißig Jahren hatten sich die Brillenbilder offenbar wie von selbst angesammelt: Hier eine Brille, weil noch ein Dokument unterzeichnet werden musste, dort eine Leseprothese beim Autogrammgeben. „Wenn es nach Drehschluss ruhig ist, kann man das leise Klappern der Brillenetuis hören. Denn am Ende eines Drehtags, werden Nasenfahrräder im Sekundentakt auf die Rüssel drapiert." Der Regisseur sah in seiner langen Karriere unzählige Kontaktlinsen, die unverhohlen aus den Augen herausgequetscht und gegen Hornbrillen ausgetauscht wurden, egal ob bei Jung oder Alt, Frau oder Mann. Sogar die Kindermädchen, die manchmal am Ort zugegen waren, hatten stets ihre Ersatzbrillen dabei. Der Fotokünstler lächelt schelmisch und rückt seine Brille zurecht.

„Meine Kamera ist nie aus. Denn meine Kamera sind meine Augen. Ich sehe alles und vor allem werde ich selbst dabei nicht gesehen, wenn ich abdrücke." Nielsen beobachtet gut und arbeitet mit der Strategie eines lauernden Tieres. Er fährt sein Objektiv geschwind aus, schießt dabei präzise und schafft hervorragende Bildkompositionen. Man muss neidlos anerkennen, dass er einer der Besten ist, die wir zurzeit haben.

Seine Fotos sind ergreifend schlicht und doch mit dem typisch Voyeuristischen versehen, das Schlaafsäggs markante, und doch subtile Bilder kennzeichnet. Er findet stets eine vortreffliche Ausgewogenheit zwischen Objekt, Raum, Pose und Aussage und verleiht dem, was wir kognitiv nicht begreifen können, eine exzellente Bildsprache und vor allem einen nicht zu erfassenden Sinn. Man betrachtet als faszinierender Laie ein Bild, ist zutiefst ergriffen und versteht die Faszination selbst nach Stunden doch nicht ganz. Das ist Kunst.

Wir verlosen den wunderbaren, auch anrührenden, zuweilen überraschenden, ästhetisch wertvoll aufgemachten und signierten Fotoband des renommierten Fotokünstlers mit rund hundertzwanzig Farbabbildungen mit der bebrillten Prominenz, wie Sie diese nie zuvor gesehen haben. Weitere Informationen zur Verlosung finden Sie am Ende des Heftes unter „Vermischtes".

Man muss sich der Realität stellen

Zu Besuch bei den Pluscheks. Auf den ersten Blick eine ganz normale Familie, wären da nicht all die vielen begehbaren Schränke, der Auto Fuhrpark, die unzähligen Murano-Lüster, die mit Hermelin bezogenen Designer-Sessel, die goldenen Schallplatten im Flur, die Golfschlägersammlung mit den eingravierten Initialen von Pluschek Senior oder die eindrückliche Handtaschensammlung von Anita Pluschek. Wir drehen einen Filmtag bei den Pluscheks und erfahren, was die Familienbande zusammenhält, wo sie streiten und was sie zuhause treiben, wenn sie gerade nicht in der Welt herumjetten oder auf roten Teppichen posieren. Die zehnjährige Bianca Pluschek ist sportlich. Poledance hat es ihr angetan und wir dürfen Bianca zusehen, wie sie sich gekonnt an der Stange, die mittig ihres perlmuttfarbenen Kinderzimmers angebracht ist, elastisch bewegt. Bianca zeigt uns einen „Frog", einen „Crucifix Climb", dazu einen „Hobbit" und schließt die Performance mit einer „Crouching Snake Pose". Wir kennen diese Begriffe nicht, aber die stolze Mama flüstert sie uns zu, während Bianca für uns an der Stange tanzt.

Der kleine Moritz hat die Türe zu seinem Zimmer verschlossen und Anita Pluschek meint, dass er wohl, wie jeden Tag, am Computer sitze. „Er ist äußerst intelligent. Und in seiner eigenen Welt ist er am besten aufgehoben. Wir holen ihn aber später zu unserem Ritual hinzu." Was dies ist, verraten wir noch nicht, aber es ist verblüffend einfach.

Vater Harald Pluschek liegt breitbeinig auf dem Sofa und schaut sich mit Kopfhörern auf dem Kopf Trickfilme an. Anita zeigt auf die Kopfhörer: „Das sollte sich jede Familie zulegen. Kopfhörer bringen Ruhe ins Haus." Die Fünfzigjährige ist gut in Form. Sie trägt Leggins mit einem Leo-Print, das enge T-Shirt, das tief ausgeschnitten ist und Anitas üppige Oberweite präsentiert, hat einen neongrünen Löwenkopf als Motiv.

Als sich Anita umdreht, bemerken wir, dass an ihrem Po ein langer, pelzbesetzter Schwanz angenäht ist, der bis zu ihren Knöcheln reicht. Anita versichert, dass es Kunstpelz sei, aber nicht das ist, was uns interessiert, sondern wie man diese bizarre Aufmachung verstehen soll. Anita findet das sei ebenfalls etwas, das jede Frau zu Hause haben sollte. „Das Schwänzchen umgelegt – übrigens mit Klettverschluss – schon schnurren alle Katzen im Haus. Vor allem ist der Kater selig."

„Schwänzchen und Klettverschluss war eine Teamarbeit zwischen Harald und mir." gibt sie offen zu, aber auch, dass es die Idee ihres Gatten war. „Harald möchte, dass ich das Teil trage, wenn wir unter uns sind. Das beruhigt ihn vollkommen. Er versteht selbst nicht warum, aber ist das Leben nicht voll von Fragen, die wir nicht imstande sind zu beantworten?" Tatsächlich ist Harald, der unter einem konstanten Jetlag leidet, auf dem Sofa eingeschlafen als Anita für uns an ihm vorübergeht und die Bierflasche vom Tisch räumt. „Das Gute liegt doch so nah. Man muss sich der Realität stellen, auf Wünsche des Partners eingehen, offen sein für Neues, Verantwortung übernehmen, nicht jammern", betont Anita.

Wir sind in der Küche, wo wir Harald noch schnarchen hören können. Anita stutzt die von uns mitgebrachten Blumen zurecht und stellt sie in eine Vase. Sie ist mitteilsam heute: „So ein Schwänzchen kann sich jede Frau leisten und in weniger als einer halben Stunde nähen. Man benötigt keine Nähmaschine dazu. Ich habe ein Exemplar, das mit Heftklammern zusammen getackert wurde."

Anita Pluschek war vor der Heirat mit Harald Pluschek eine emanzipierte, höchst erfolgreiche Frau. Was aus ihr geworden sei, fragen wir vorsichtig. Es komme halt mal der Punkt, antwortet Anita unverhohlen, wo der Friede im Haus und die intakte Familie wichtiger seien als stark, eigenwillig und autonom zu sein und seinen eigenen Kurs zu fahren, die Karriere weiter voranzutreiben, sich an Manifestos zu orientieren oder eigene Dogmen aufzustellen. „Ich bin mit der Dialektik durch."

Anita klingelt an einer silbernen Glocke und innert kurzer Zeit steht die ganze Familienbande in der Küche. Wortlos werden Küchenschürzen angelegt und die Ärmel hochgekrempelt. Die Familie möchte jetzt Zeit für sich genießen und sich „in den kleinen Dingen des Lebens ver-

wirklichen" wie Anita untermalt. Es werden
gemeinsam phantasievolle Schnittchen belegt.
Wir dürfen dabei sein und diese besondere Energie und Harmonie, den Familienzusammenhalt
und die Liebe im Hause Pluschek hautnah mit-
erleben.

Ja, die Antwort ist ja

Wir haben es alle geahnt, aber es zu thematisieren hat keiner zuvor gewagt. Zweifelsohne hielten wir den polarisierenden Publizisten Werner Kolano für eitel, aber so eitel nun auch nicht, dass es uns eine Schlagzeile wert sein würde. Vielleicht, so sinnierten wir unbewusst im Kollektiv, gehörte es sich für einen über sechzigjährigen Intellektuellen nicht, eitel zu sein, schon gar nicht, wenn wir ihn als jemanden wahrnahmen, der sich gänzlich dem Inhaltlichen verschrieben hatte und unser Spezialist für verschachtelte Sätze [oral vorgetragen, wohlgemerkt, Anm. d. Red.] ist.

Solche Männer werden mit der Zeit geschlechtslos, verlieren die Optik ganz und verschwinden hinter den Themen, die diese Menschen hervorbringen. Vielleicht, wenn Kolano seine Anzugsfarbe ab und an gewechselt hätte oder sich beim Einkaufen in einer Edelboutique gezeigt hätte, wären wir ihm schon früher auf die Schliche gekommen, hätten ihn, rein visuell gesehen, entdeckt und festgestellt, dass da noch ein Mann, ein Mann aus Fleisch und Blut, sein musste, und der uns zweifelsohne kleine Botschaften der Eitelkeiten aussandte oder sich keineswegs damit begnügen wollte bloß innerliche oder literarische Werte zu haben. Aber Kolano schwieg, fuhr seinen intellektuell-elitären Kurs und kooperierte so gesehen nicht.

Nun rief er uns aber am vergangenen Mittwoch-
abend selbst an und ließ die Bombe platzen. Er
bestätigte in seinem typisch ruhigem Tonfall
knapp und klar, geradezu einsilbig: „Ja, ich habe
gefärbt. Ich färbe meine Haare seit Jahren." Wir
sind uns über die Relevanz dieser Aussage nicht
sicher, sind etwas betreten und ordnen noch ein,
ob uns dieses Geständnis profund berührt hat
oder ob es uns am Ende doch eher kalt lässt.

Was sich unsere Promimütter leisten

Wir möchten Sie warnen: Für den vorliegenden Artikel müssen Sie stark sein. Am besten, Sie haben eine gute Freundin, einen liebevollen Freund zur Seite, haben die Haushaltsarbeiten bereits hinter sich gebracht und befinden sich selbst nicht in einer allzu labilen Verfassung. Wir waren irritiert, dachten an eine Zeitungsente aus Großbritanniens Regenbogenpresse, doch was sich unsere hiesigen Promi-Mütter alles erlauben, ist höchst verstörend und nichts für schwache Nerven.

Wir möchten keine der Damen vorführen und wir wollen Anklagen von vornherein abwenden, respektive erst gar keine Fläche zu Anklagen bieten. Daher haben wir uns dazu entschlossen, keine der Nachstehenden namentlich zu nennen und das uns vorliegende Fotomaterial bewusst nicht zu verwenden. Stattdessen haben wir unsere Haus-Illustratorin gebeten, eindeutige Zeichnungen anzufertigen, um zu verbildlichen, was wir kaum in Worte fassen können.

Nicht jede Promi-Mutter ist eine Rabenmutter, wenn sie auf Haushaltshilfe und Babysitter zurückgreift oder öfters auf roten Teppichen, Boutique-Eröffnungen oder Talkshows anzutreffen ist als auf Spielplätzen. Allerdings verdichten sich die Hinweise, dass das Leben in einer Promi-Villa nicht selten alles andere als gesittet abläuft. Wir haben für Sie fünf schockierende Portraits zusammengestellt.

1. Das Baby einer Soap-Darstellerin bekam als Säugling gequirlten Kaviar in die Milch untergerührt, weil die Mutter überzeugt war, dass dies eine gesunde Hirnhaut begünstigte. Statt eines Beißrings bekam das Baby entsprechend eine Austernschale, um darauf zu kauen.

2. Ein Dreijähriger einer ehemaligen Schwimmerin wurde dabei erwischt wie er auf der Terrasse rauchte. Es war kein harmloses Spiel, das der Kleine – der im Übrigen nach einem Softdrink benannt wurde – spielte, um Erwachsene zu imitieren. Der Knabe inhalierte offenbar tatsächlich und rauchte die Fluppe zudem zu Ende, bevor er den Stängel, exakt wie seine Mutter, fachmännisch mit der Schuhspitze zerdrückte und mit den Worten „Lecker Lungenbrötchen" wieder ins Haus trat.

3. Eine andere Mutter, jetzt sporadische DJane und Ex-Geliebte eines großen Film- und Theaterschauspielers hält offensichtlich nichts vom Zähneputzen, was dazu geführt hat, dass ihre kleine Tochter alle Zähne durch Karies bereits verloren hat und seit Monaten eine Prothese trägt. Erst wenn das Kind ausgewachsen ist, können Implantate in Erwägung gezogen werden, die gemäß Zahnärzten eine unbeschränkte Lebensdauer haben werden. Selbstverständlich werde sie diese Kosten allesamt übernehmen, meinte die Frau lapidar auf Nachfrage der Kolle-

gen. Das Kind ist in diesem März acht Jahre alt geworden.

4. Der Zögling eines Sportjournalisten wiederum, soll seit zwei Jahren pornosüchtig sein. Der kleine Mann ist gerade eingeschult worden. Er soll angeblich selbst bereits kurze, verstörende, um nicht zu sagen abartige, Filme mit Teddybären, Plüschgiraffen und Filzpantoffeln mit seinem Handy aufgenommen und ins Netz gestellt haben.

5. Ein stark am Aufmerksamkeitsdefizits- und- Hyperaktivitätssyndrom (ADHS) erkranktes, zu Psychosen neigendes Mädchen eines Künstlerpaares von gerade mal sechs Jahren ruft regelmäßig Journalisten an und verbreitet boshafte Geschichten über ihre Familie, welche – selbst wenn die Vorfälle nur einen kleinen Anteil Wahrheit enthalten sollten – die ganze Familienkonstellation entrüsten und aus dem harmonischen Gleichgewichtsgefüge bringen dürfte. Das psychisch labile Mädchen ist jetzt, wo wir das hier zu Ende schreiben, bereits wieder am Apparat und möchte in der Redaktion vorbeikommen, weil erneut etwas Brisantes vorgefallen sein soll.

Anmerkung:
Wir haben noch weitere Geschichten dieser Art für Sie zusammengestellt und veröffentlichen sie in sicheren Abständen in den nächsten Monaten. Die erzieherischen Maßnahmen würden den Rahmen sprengen, wenn wir diese Phänomene journalistisch alle auf einmal verarbeiten würden. Bitte benutzen Sie für allfällige Kommentare,

Ihre Meinungen oder ähnliche Erfahrungen aus Ihrem eigenen Umkreis unseren hierfür eigens eingerichteten Blog. Leserbriefe können wir aufgrund der zahlreichen Zuschriften, die uns täglich erreichen, nicht einzeln beantworten. Wir danken für Ihr Verständnis.

Wie wilde Tiere

Normalerweise sind wir nicht prüde, aber was Kerstin Bürste und Tobias Mucha am letzten Wochenende im Club ZERO-B durchgaben, ging selbst Abgebrühten zu weit. Keine natürliche Scheu, kein Anstand, im Gegenteil: Wie wilde Tiere sollen die beiden übereinander gezogen sein, als ginge es dabei ums wahre Überleben. „Ich stand im Weg, da wurde ich einfach mit integriert", schluchzt eine siebzehnjährige Friseurin, die zufällig im Club war, weil sie dort mit einer Freundin ausgegangen ist. Ohne zu fragen, wurde sie abgeleckt und begrapscht, dass ihr schwindlig wurde.

Das Handy der beiden Verliebten war offensichtlich zu jeder Zeit eingeschaltet und via Social Media konnten Follower und Fans alles live mithören, was man später dank Selfie-Stange mit bloßem Auge sehen konnte. Der Internet-Video-Kanal Yo-Dude bemühte sich, das von den beiden selbst eingestellte, teils sehr verwackelte, aber doch eindeutig zu interpretierende Video wieder zu löschen, doch es war zu spät.

Viral breitete sich der Kurzfilm im Netz aus und erreichte die Smartphones, Tablets und Computer, selbst solche von Kleinkindern, im Nu. Das Paar war damals kaum erwachsen, als es vor vier Jahren zueinander fand. In unseren Fernsehern sahen wir die zunächst kleinen TV-Casting-Show-Sprößlinge heranwachsen. Wir schlossen die Dreikäsehochs liebevoll ins Herz, pubertierten und lachten mit ihnen. Das fulminante Musical, das Ende Sommer erfolgreich endete und in welchen beide die Hauptrollen spielten und ihre eigene Geschichte interpretierten, haben wir mit Kind und Kegel mehrere Saisons lang besucht und das Paar so zu Millionären gemacht. „Ist das nun der Dank?", fragte uns unlängst eine besorgte Mutter, deren sechsjähriger Sohn nicht genug vom Video bekommen kann und seither schubweise in hysterisches Gelächter ausbricht.

Die scheußlichen Bilder seien ziemlich wahrscheinlich bei einem Kind dieses Alters nicht mehr aus dem Langzeitgedächtnis zu radieren, bestätigte uns ein Facharzt der Kinderpsychiatrie. „Abartig, eklig, total enttäuscht", so der Grundtenor auch auf der Fanseite der beiden. Es heißt, die Hose platzte noch auf der Tanzfläche.

Akne-Alarm

Wenige Tage nach der fulminanten Benefiz-Gala, wo selbst Hollywood-Größen zu Dutzenden eingeflogen wurden, herrscht bei unseren Promis Akne-Alarm. „Es ist schrecklich. Wie damals, als ich ein pubertierender Teenager und Außenseiter war, nach dem sich keine Sau umsah. Wahrscheinlich muss ich erneut meinen Psychiater aufsuchen. Ich fühle mich wie ein Looser", klagt Oskar Rübe vor laufenden Kameras an der gestrigen Filmpremiere und mit bemerkenswert kraterartigen Pusteln im Gesicht.

„Meine Fresse ist total geschwollen. Ich weiß nicht mehr weiter", klagt die Schauspielkollegin Karoline Tulpe per Twitter. Sie konnte ihre Eitelkeit nicht überwinden und hat entschieden die Filmpremiere abzusagen. Die bayrische Volksrockband „Ausgschamte Pfundshammel" nimmt es locker und lächelt professionell über die Pickel hinweg: „Einfach nicht in den Spiegel gucken und weitermachen, so die kühne Devise." Die Band steckt mitten in der Tournee und kann, selbst wenn man wollte, nicht wegen ein paar Quaddeln im Gesicht absagen. Außerdem sollen die Kapern so vorzüglich geschmeckt haben, dass der Gitarrist über die Sattgrenze hinaus davon aß und sich später übergab, was ihn dennoch nicht von den pickeligen Auswirkungen bewahrte: „Die Kapern waren der Renner und innert Kürze ratzefatz vernichtet. Vor allem die

Weiber naschten ununterbrochen", doppelt der Leadsänger, genannt „Knuutschfläck", nach.

Die Moderatorin F.F, die sich nicht zu erkennen geben möchte und vorwiegend an der T-Zone betroffen ist sowie mit Pickeln in der Größe von ausgereiften Erbsen beeindruckt, will davon nichts wissen. Sie ist am Boden zerstört: „Monatelang arbeite ich an meiner Sanduhrfigur für den Jahresevent nächste Woche. Ich trainiere wie eine Bekloppte, esse fast nichts mehr, habe permanent schlechte Laune deswegen und Alkohol erlaube ich mir schon gar keinen. Meine Ehe ist an den Diäten zerbrochen." Jetzt sieht die nicht mehr ganz taufrische Frau ihre Arbeitsstelle, vor allem ihren Status bedroht: „Die jungen Gören warten doch nur darauf, um für einen einzuspringen und mich von der Bühne wegzudrängen. Dabei ist das meine letzte große Chance, nach den Flops wieder ins Rampenlicht zurück zu finden." Sie möchte endlich wieder Fuß im öffentlich-rechtlichen Fernsehen fassen, so die Moderatorin, welche gelernte Metzgerin ist, weiter, und die in diesen Tagen wahrlich nicht zu beneiden ist. Die Shitstorms in den sozialen Medien gehen nicht nur mit ihr gnadenlos um – wo man hinschaut, entstehen Karikaturen mit entstellten Gesichtern gespickt mit eitrigen Mitessern und puderigen Visagen, die an sandgestrahlte Hügellandschaften gemahnen.

Der Grund für die Pickel-Epidemie bei der Prominenz: Die Partyköche waren nicht nur ziemlich angeheitert und weniger bei der Sache als üblich, sondern verwendeten sie angeblich für die vorwiegend frittierten Gerichte am Buffet ranziges, abgelaufenes Olivenöl. Wir haben widersprüchliche Meldungen, welche Köche hier am Werk waren und können deshalb zum jetzigen Zeitpunkt keine konkreten Aussagen machen.

Erschütternde Beichte

Felix Haufen hat uns am vergangenen Freitag schockiert. Bekannt ist er nicht nur für seinen rotblonden Schopf und die leicht zu kurzen, subtil zu engen, tendenziell zu grellen Hosen, sondern vor allem für seine wunderbaren Sprüche, seine beeindruckende Schlagfertigkeit, insbesondere, wenn es auf Bühnen um die reine Improvisation geht oder wenn sich technische Pannen anbahnen.

Felix ist bei Jung und Alt deswegen so beliebt ist, weil er mitten im Gespräch in einer Talkshow aus dem Stegreif andere Leute zu parodieren beginnt oder spontan aufsteht, um eine zappelnde Figur zu machen, dazu seinen berühmten Satz "Jawashabenwirdennda-nawogibtsdennsowas-ichfressnenbesen-istjadasdiemöglichkeit! Schubiduu-Schubiduu-Schubidaaaaaa!" zu rufen, dabei die Augen weit aufzureißen und sich wieder hinzusetzen als wäre nichts gewesen.

Wir finden das, obschon Felix diese Nummer seit Jahren durchzieht, immer wieder urkomisch und lachten uns in der Redaktion auch diesmal kaputt, als wir uns auf das Treffen mit Haufen vorbereiteten. Felix hat nicht viel Zeit, da er im Radiostudio einen Termin hat, um seine neue Samstagabendshow zu promoten. Dennoch möchte er mit uns nicht darüber sprechen, sondern über eine ernstere Angelegenheit. Ist Felix etwa krank? Seine Nase scheint warzenbesetzt, auch rötlich ist sie und bedenklich asymmetrisch, was uns bisher nie aufgefallen war. Etwas stimmt hier nicht, finden wir auch später, als wir unser aktuelles Fotomaterial mit Archivaufnahmen vergleichen. Möglicherweise ist etwas mit Felix' Organen nicht in Ordnung. Aber da wir keine Experten auf dem Gebiet sind, fragen wir Felix geradeheraus, ob etwas mit seiner Nase sei.

Felix lacht und kann sich nicht mehr einkriegen. Wir warten und fühlen uns in unserer Annahme bestätigt. Als sich der schlanke Comedian wieder beruhigt, geht er nicht mehr auf die Frage mit der Nase ein, sondern wird ganz ernsthaft. Er möchte uns berichten wie es wirklich um ihn stehe. Er habe sich nämlich schon als Kind stets gelangweilt. Es verging kein Tag, ohne, dass Felix nicht wusste, was er mit der Zeit anfangen sollte. Ihm fiel die Decke bereits um neun Uhr früh auf den Kopf. Die Zeit verlief schleppend.

Als er raus ging, um mit den anderen Kindern zu spielen, wurde es nicht besser. Er fand auch die Menschen um ihn herum quälend schal: die Nachbarn, die Lehrer, die Angestellten im Supermarkt. Auch seine Mutter und Vater kamen Felix zum Gähnen geistlos vor. Als Teenager floh er aus diesem Zustand, um in der Welt herumzureisen, doch das Leben als Weltenbummler war alles andere als aufregend. Auch hier zeigte sich die Öde rasch. Felix erklärt: "Wenn Öde in dir ist, ist Öde in dir." Wir verstehen, was er meint. Felix formuliert logisch. Er ist geistesgegenwärtig und wir möchten seine prägnanten

Äußerungen ernst nehmen, ordnen sie der Ironie zu.

Als Felix später die Frauen entdeckte und die Karriere ihren Lauf nahm, selbst wenn er noch heute gestresst von einem Termin zum nächsten hetzt, das Privileg hat von Stadt zu Stadt zu reisen, in den besten Hotels abzusteigen, da sei ihm doch gewiss nicht nur pudelwohl, sondern alles andere als langweilig oder trostlos zumute, versuchen wir den zerschlagenen Mann aufzumuntern. Er entgegnet treffend: "Eine Tomate ist eine Tomate. So sehe ich das. Und das Leben ist öde. Die Menschen, du, ich, wir alle sind öde." Er sagt öööööde und gähnt.

Wir schauen ihm beim Gähnen mit dem offenen Mund zu und entdecken, dass er nicht wenige Plomben hat und Haufens Zunge etwas grünlich gefärbt ist, als hätte er vorher ein Lutschbonbon gegessen. Felix fragt uns unverhohlen, ob wir dem nicht etwa zustimmen würden: "Ist es hier nicht gerade jetzt, in diesem Moment supersuperöd?" Wir zucken die Achseln, denn so haben wir das bisher nicht reflektiert. Wir kamen mit guten Absichten, haben uns vorbereitet, freuten uns auf einen launigen Mann und ein geistreiches Gespräch. Wir geben uns daher Zeichen, uns jetzt unter keinen Umständen in Diskussionen mit Felix zu begeben, da er nicht nur exzentrisch, sondern leicht cholerisch ist und somit höchst launisch. Wir wollen Haufen in dieser Angelegenheit nicht provozieren.

Nach einer Weile findet Felix mit Nachdruck: "Ich weiß, dass ich recht habe. Es ist durch und durch öd. Manchmal etwas anstrengend, manchmal passiert etwas, aber es bleibt öd. Vielleicht ist es ab und zu weniger öd, aber trotzdem ööööd." Felix' "ööööd" bleibt uns an diesem Tag noch lange im Gehör. Wir vermuten, dass Felix gegenwärtig in einer Krise steckt, vielleicht einem temporären Tief und dass seine Behauptung nur Ausdruck einer momentanen Verfassung sein kann, die er nicht anders zu beschreiben imstande ist als am Beispiel der Tomate.

Wir bleiben für Sie dran, verehrte Leserinnen und Leser, um die ganze Wahrheit hinter dieser kühnen Bekundung zu untersuchen. Aber wie die Geschichte auch ausgehen mag: Für uns bleibt Felix Haufen ein sympathischer Geselle, der uns amüsiert, ein kerniger Kerl von Format ist und bleibt und der stets seine Sache durchzieht, egal was kommt. Felix Haufen ist ein Mann der Extreme, wofür wir ihn ja so bewundern und lieben.

Nur noch Flüssiges

Wie viel möchte die noch abnehmen? fragen sich
viele. Eine gewisse Besorgnis ist berechtigt, denn
als wir Caroline Blörke vor drei Wochen in ihrem Wochenendhaus auf Sylt besuchten, waren
wir geschockt. Caroline ist ein Klappergestell
geworden, die ihresgleichen sucht. In den letzten
Monaten hat ihr Körper dramatische Formen
angenommen. Die Wangenknochen sind einge-
fallen, die Schlüsselbeine ragen hervor wie Klei-
derbügel, ihre einst formschönen Beine sind
stelzengleich, Ellbogen und Knie sind unnatürlich spitz anzusehen. Die fraulichen Rundungen
konnten wir nicht ausmachen und es schien zudem, als hörte sich auch Carolines Stimme heiser
an. So, als hätte sie in der Nacht zuvor unaufhör-
lich geschrien oder eine Unmenge von Zigaretten
geraucht.

Wir sehen uns verpflichtet, auf Abbildungen der
hageren Frau zu verzichten. Ob sie krank sei,
fragen wir, als sie uns Ingwer-Tee einschenkt.
Keineswegs. Caroline lacht. Sie nehme aber seit
Monaten nur noch Flüssignahrung zu sich, beruhigt sie uns. Seit der Trennung vom Soloflötisten
Kurt Niedel sei sie auf Reduktion aus und ist
daher ernährungtechnisch umgestiegen. Blörke
will die Existenz. Mehr noch: sie will der Existenz der Existenz auf die Spur gehen. Heißt,
minimieren, destillieren, zur Essenz vordringen.

Wir können nicht folgen, verstehen nur vage, was uns Caroline sagen möchte. Sie wolle sich schonen, fährt sie fort, und sich bis zum nächsten großen Ereignis aufsparen. Sie versuche wenig zu tun, versage sich etwas zu unternehmen, das Spaß mache oder Kraft koste. Sie habe sich außerdem verschrieben fast nichts zu denken, kaum zu sprechen, keinen zu sehen, und auf alle Fälle möchte sie es vermeiden unnötige Energie zu verbrauchen. So würde sie bei sich bleiben können, was ihr sehr leicht fallen würde, da sie über eine disziplinierte Veranlagung verfüge. Genuss, Spaß, die Gaumenfreuden oder die Extase, das vertrage sich alles nicht mehr mit der Kontemplation, der Leere, dem Nichts. Mit der Flüssignahrung habe sie ihren Darm zudem Urlaub verschaffen können. Irgendwann, wenn alles im Gleichgewicht sei, da möchte Blörke sich selbst kennenlernen. Denn das sei die Mission: zu erfahren, wer diese Caroline Blörke wirklich ist. Irgendwann würde sie wieder richtig essen, verspricht sie uns allerdings. Doch sie sei noch nicht bereit.

Wir machen uns Sorgen, kramen instinktiv in unserem Rucksack. Wir drücken Caroline eine Tüte Chips und ein paar Haselnüsse und einen Apfel in die Hand. Und als wir sie kurz vor Abgabe dieses Artikels, rund drei Wochen nach diesem Treffen anrufen, versichert uns die Tapetendesignerin, dass sie schon sieben Chips und vier Nüsse aufgegessen habe [ohne sie zu verquirlen, Anm. d. Red.] und der ganze Verdauungsapparat langsam wieder in die Gänge komme. Sie habe mit Sicherheit fünfhundert

Gramm zugenommen und sei auf bestem Wege der Erholung. Außerdem stehe sie kurz vor ihrer finalen Erkenntnis.

Nanny Susan L.

Die Skandalnachricht erreichte uns aus Beverly Hills um drei Uhr morgens. Die Gerüchteküche brodelt seit Wochen, jetzt hat Nanny Susan L. gestanden. Mehrere Jahre lang hatte sie sich mit falschen Papieren in die Anwesen der Superstars Eingang verschafft, um dort bei den Reichen und Schönen als Babysitterin zu arbeiten.

Nachbarn zufolge machte sie ihren Job ordentlich, war stets zuvorkommend und unauffällig. Der Anfang war offenbar der schwerste, doch als sie sich bei ihrem ersten Arbeitgeber bewährt hatte und bald darauf via Agentur vermittelt wurde, konnte sie mühelos auf Referenzen und Empfehlungen zurückgreifen, die in Hollywood eine Währung für sich darstellen.

So lebte Susan L. in den vergangenen vier Jahren bei rund zwanzig verschiedenen Familien. Gelegentlich war sie bei zwei Parteien gleichzeitig angestellt. Mit manchen Prominenten flog sie im Privatjet in die Karibik oder in die Berge, bei anderen hütete sie deren Kinder, während die Eltern selbst im Urlaub waren.

Nach eigenen Angaben verdiente Susan L. in ihrer Zeit als Nanny ziemlich gut, vor allem in Form von Naturalien wurde Susan L. zusätzlich entlöhnt und konnte so indirekt ihr Konto mühelos aufbessern: Geschenke wie Designertaschen, teure Schuhe, Bekleidung, Kosmetika oder Massagen sowie Kleinmöbel waren an der Tagesordnung. Aber auch mit Autos oder ausrangierten Haustieren wurde die Frau regelmäßig überrascht und konnte auf diese Weise nebenbei mit ihrer Schwester eine kleine Tierfarm ins Leben rufen.

Die knapp Dreißigjährige war von Natur aus eine eher durchschnittlich aussehende, ja farblose Frau, etwas füllig geraten und ziemlich kurzsichtig, doch die sich, professionell wie sie war, für ihre Mission die krausen Haare glättete und platinblond färbte und die Brüste operierte. Der Sportmuffel überwand sogar den eigenen Schweinehund und ging regelmäßig ins Fitnessstudio, um in Hollywood mit eigentümlicher Wampe nicht aufzufallen.

Zweifelsohne gab es eindeutige Angebote von den Hausherren, verrieten andere Hausangestellte, aber an Flirts oder gar Beziehungen war Susan L. nie ernsthaft interessiert. Ihr kühnes Vorhaben war ein ganz anderes. Susan L. war eine Intellektuelle, die eine Dissertation über die Psyche von Heranwachsenden berühmter Eltern schreiben wollte.

Den Schwerpunkt sollten dabei die Drogen bilden: Rauschmittel, die entweder heimlich konsumiert würden oder solche, die vor der Vater-, respektive Mutterschaft einen Lebensbestandteil der Berühmtheiten bildeten. Nanny Susan L. erörterte inwiefern dieser Konsum auf die Kleinen letztmöglich einwirkte und in welchem Ausmaß die Rauschgifte die Entwicklung der

Kinder beeinträchtigten. Zum einen war Thema ihrer Untersuchungen, die Wahl der Lieblingsvorbilder der Kinder in den regelmäßig vorgelesenen Märchen, die Susan L. aus aller Welt zusammensuchte. Anhand dieser Märchenvorbilder der Kinder studierte Susan L. wiederum die Beziehungsstruktur zu deren Eltern und erweiterte ihre Arbeit mit einem Bogen zurück zur Literatur selbst und protokollierte die Lieblingsbücher der Eltern. Diese Bücher schlüsselte Susan L. erneut auf und übersetzte sie nach einem eigens ausgetüftelten System in eine typische Märchenstruktur.

Die Ergebnisse dieser Erforschungen sollten die unbewusste Wahrnehmung der Personen verdeutlichen und aufzeigen wie sich am Ende das untersuchte Ich und unter Einflussnahme des indirekten oder direkten Drogenkonsums zusammensetzte und wie, beziehungsweise ob dieses Ich unbewusst Einfluss auszüüben vermochte, insbesondere in Bezug auf Drogen oder allfällige Ersatzgüter, respektive Handlungen, dessen Quintessenz, oder, besser gesagt, Erkenntnisse unter Berücksichtigung der Wirkung bewusstseinserweiternder Substanzen in einer Studie zusammengefasst werden sollte, die wiederum in einem international anerkannten Verzeichnis bereits angelegt wurde und Teil diverser Vorstudien ist sowie Bestandteil weiterer Analysen bilden wird.

Susan L. selbst konnte übrigens den Drogenangeboten stets widerstehen, bis auf ein einziges Mal. Jener Nacht nämlich, wo sie ihre Dissertation im Rausch und ganz ohne Schlaf in einem Zug schrieb, und wie sich später herausstellte, mit Bestnote abschloss.

Das Geheimnis ihrer Jugend

Birgit Stachel strahlt wie eh und je. Sie hat sich seit unserem letzten Interview vor acht Jahren kaum verändert. Die knapp Sechzigjährige hat ein luftiges Sommerkleid mit Paisley-Motiven an, dazu trägt sie High Heels und eine teure Marken-Umhängetasche mit Gliederkette. An Stachels Hals glitzert ein feiner Anhänger in Form eines Tropfens, ansonsten kein Schmuck. Ihre kurzen, gepflegten Fingernägel sind French manikürt und sie riecht nach Patschuli.

Birgit möchte sicher gehen, dass wir heute nur über Beatuy sprechen und nicht über den letzten Film, der einzig mit Negativschlagzeilen von sich reden gemacht hatte. Wir machen der attraktiven Schauspielerin Komplimente für ihre schlanke Figur, die straffe Haut und ihr glänzendes Haar. „Eier, Eier, Eier", weiht uns Stachel sofort ein, während sie an ihrem Kleid herumzupft. „Eier für die Haare und sie glänzen wie das Fell eines gesunden Hengstes." Das sei altbekannt. Schon ihre Großmutter hatte stets ein Extrakörbchen Hühnereier im Bad stehen. Wenn man keine Eier habe, könne man auch mit Sahne spülen, das sei ebenso gut. Man rieche danach sehr lecker.

Für die makellose Gesichtshaut verwendet Birgit den Abrieb von Zitrusfrüchten. Auch Masken aus frischem Fleisch seien gut für die Zellerneuerung, ist Birgit überzeugt. „Aber kalt müssen die

Filets sein." Für die T-Zone allerdings bevorzuge sie den klassischen Quark, den die Schauspielerin mit Kaffeepulver oder Algen anmischt. Birgit lege sich auch gerne kühle Gurkenscheiben, Paprikaschoten oder Zwiebelringe zwischen die Zehen, um die Haut dort aufzufrischen, da diese viel zu oft vernachlässigt werde. Auch zwischen die Finger gehört gelegentlich eine anregende Einlage aus Organischem. Birgit möchte betonen, dass die Schönheitspflege durchaus ein kreativer Akt sein kann.

Bananenschalen werden bei ihr stets verwertet. Sie schneide daraus Streifen und wickle sich diese um die Finger. Man könne einen ganzen Film mit solchen ummantelten Bananenfingern sehen, ohne dass es sie mal jucke oder zu viel werde. „Wenn der Krimi zu Ende ist, sind die Schalen braun.", fasst Birgit zusammen. Im Übrigen sitze sie dabei auf einem Kartoffelsack, denn so halte sie ihren Po knackig und in Form. Es ist Birgit Stachel wichtig die Frauen wissen zu lassen, dass Kosmetik keine Frage der Geldbörse sei und dass man auf jeden Fall alles unterlassen solle, was Hautirritationen hervorrufe, sondern im Gegenteil: Man müsse stets darauf achten die Haut zu besänftigen, zu glätten und sie mit Säften, die man gerade zur Hand hat, zu animieren. Nur dann sei dieses wertvolle Hautorgan geschützt, profund gepflegt sowie angeregt, sich gegen die äußeren Einflüsse zu wehren. Die Haut müsse dann arbeiten, gegen das ankämpfen, was man auf sie schmiert.

Die Hände seien außerdem Werkzeuge, die wir täglich gebrauchen und dennoch vergessen zu pflegen. „Wir gönnen ihnen im Allgemeinen viel zu wenig Entspannung", sagt sie. Stachel tauche daher auch ihre Hände, manchmal auch die Füße, in lauwarme Bäder. Suppen, vor allem solche auf Brühebasis, seien zuträglich: das Gemüse, das Salz, das Aufgekochte daran und nicht zu vergessen allfällige Fleischfaserrückstände. Ein Suppenbad für die Hände entspanne bis in die Zehenspitzen hinein und umgekehrt. Birgit klagt, dass sie ohnehin stets viel zu viel Suppe übrig habe und so habe sich diese Schönheitspflege mit der Zeit wie von selbst ergeben.

Vor allem sei so ein Süppchen ein Wundermittel für schrumpelige Knie. Es sei nicht leicht sich in so eine Schüssel mit Brühe hineinzuknien, aber mit etwas Übung gelinge das. Allerdings wirke die Tunke, da die Kniehaut oft rau und dick sei, erst nach drei, vier Kuren, sei aber sehr nachhaltig. „Vieles im Leben ist Zufall", lacht Birgit und erzählt uns, dass sie als Teenager mit Freunden in ein Camping fuhr und ihr Handtuch mitzunehmen vergaß. Ein neues konnte sie sich damals nicht leisten und eins mit jemandem zu teilen, kam für sie nicht in Frage, da es sie schlicht gruselte.

„In Frotteetüchern wimmelt es von Hautschuppen, von abgestorbenen Zellen und überall sind kleine Härchen, die man zwar nicht sieht, aber die man sich auf keinen Fall in die Pelle reiben sollte." Und so habe sie damals beschlossen, sich einfach nicht mehr abzuwischen. „Seither trockne ich mich nach dem Duschen nicht ab. Frisches Frottee hin oder her. Das Abtrocknen ist völlig überbewertet. Es nimmt der Haut den letzten Schutzmantel." Daher gehe Stachel, egal bei welchem Wetter raus und schüttle sich zum Trocknen wie ein nasser Hund es tun würde. „Man ist im Nu knochentrocken. Zudem bewegt man sich ein wenig. Ich kann diese Methode nur empfehlen. Gerade in Treppenhäusern können auf diese Weise Freundschaften entstehen."

Birgit neigt sich zu ihren Füßen. Sie spreizt gekonnt ihre Zehen und präsentiert uns die schöne rosafarbene, leicht glänzende Haut. Dabei gibt sie unbeabsichtigte Einblicke in ihr beachtenswertes Dekolletee preis. Wir fragen Birgit, was ihr Rezept für diesen blühenden Busen wohl sein könnte. „Meine Brüste reibe ich seit ich Vierzig bin zwei Mal in der Woche mit Paniermehl ein. Und statt einzucremen, verwende ich Früchte: Zuerst ein Gemisch aus Papayakernen und geriebenem Apfel, danach belege ich beide Hügel mit frischen Heringen. Diese sollten bestenfalls eine gute halbe Stunde einziehen." Es wirke Wunder, schwört Birgit und wir glauben ihr aufs Wort.

Er ist wieder zurück

Die Nachricht verbreitete sich wie ein Lauffeuer: Er sei wieder zurück. Undeutliche Fotos liegen auf unserer Redaktion seit Wochen auf dem Tisch. Wir erwägen, vergrößern die Fotos, fragen bei Familienangehörigen und Experten nach und versuchen, ein objektives Bild aus dem vorliegenden Material zusammenzustellen. Doch wir müssen, wie immer bei solchen Geschichten, strategisch verfahren und dabei äußerst vorsichtig sein, mit einem besonderen Gespür für die Nuancen arbeiten. Darüber hinaus ist es ratsam, anders vorzugehen als bei klassischen Interviews oder fassbaren, eindeutigen Berichterstattungen. Wir legen uns daher einen Plan zurecht. Denn wir wollen uns diesmal ganz sicher sein, bevor wir selbst darüber schreiben und die ohnehin schon sehr heiß brodelnde Gerüchteküche unnötig mitmischen würden.

Der Verdacht, dass es Franz Parasol ist, der immer wieder in der Stadt gesichtet gewesen sein soll, und nicht etwa der vermeintliche Zwillingsbruder Stefan Parasol, erhärtete sich am vergangenen Donnerstag, als wir ihn kurzerhand selbst in seiner Stadtwohnung mitten in München aufsuchten. Wir sind erstaunt, als er uns bestens gelaunt, noch in der Pyjamahose an – er trägt eine karierte, relativ eng anliegende der Marke Bluberrieblue, darüber ein weißes, charmant beflecktes T-Shirt – die Tür öffnet und uns freundlich herein bittet.

Wir schauen uns in der Licht durchfluteten, modern eingerichteten Wohnung um und plaudern bei Kaffee und den mitgebrachten Brioches über das Leben, die Weltpolitik, die Gesundheit, bevor wir ihm endlich die Frage stellen, auf deren Antwort wir alle schon so lange warten: Wird er oder wird er nun doch nicht im neuen Dreiteiler „In den Gipfeln sind die Berge hoch und die Täler weit" die Hauptrolle spielen oder stimmt es, dass für die Rolle der noch junge kroatische Damil Uvribic [ehemaliger Amateurboxer und sehr gut gebaut, Anm. d. Red.] im Gespräch ist.

Franz macht eine lange Pause und grinst uns an. Seine typischen Wangengrübchen zeigen sich und er scheint in diesem kurzen Moment ganz bei sich zu sein, geerdet, erwachsen und unverwechselbar anziehend. Unsere Reporterin hört zu atmen auf und die Zeit steht für einen kurzen Augenblick still. Statt zu antworten, beugt sich der schöne Mann zu uns hinüber und schenkt noch etwas stilles Wasser ein, das Franz flüsterndes Wasser nennt.

Wir sehen uns gezwungen, die Frage umzuformulieren und fragen, ob er schon in diesem Jahr oder erst am Anfang des nächsten Jahres nach Korsika für den Dreh abreisen werde. Er zuckt charmant seine breiten Schultern und macht eine Handbewegung, die allzu deutlich ist: Er versiegelt mit Wichtigkeit seine Lippen mit einem imaginären Schlüssel. Wir verstehen, können uns aber als seriöse Journalisten, und unseren Leserinnen und Lesern eine profunde Geschichte schuldig, nicht mit dieser Geste zufrieden geben. Reporterin Sabine Flaschenhals hat plötzlich eine geniale Idee und meint unverfroren: „Es wird doch auf Korsika gedreht, richtig?" Er bestätigt mit einem kaum merklichen Nicken. Dessen nicht genug, doppelt Sabine, die offenbar Blut geleckt hat, en passant beim Verabschieden nach: Ob er denn jetzt zurück sei?

Und wieder dieses atemberaubende Lächeln und die aufreizenden Grübchen. Mit ernster und tiefer Stimme antwortet Franz: „Ich war nie weg." Es ist jetzt an Ihnen, liebe Leserinnen und Leser, Eins und Eins zusammenzuzählen.

So sehr freuen sie sich auf Weihnachten

Der zweite Advent ist da und wir nahmen diesen
Umstand zum Anlass, uns bei den Promis umzu-
hören, wie sie wohl dieses Jahr Weihnachten
verbringen mochten. Wir schickten unsere Journalisten überall in die Bundesrepublik, die
Schweiz und Österreich und waren gespannt wie
ein Flitzebogen auf die Antworten.

Wie würden die Weihnachtsbäume wohl aussehen? Wer buk Plätzchen? Wer lud wen ein? Was
gab es zum Essen? Weihnachtslieder ja/nein?
War der Gang zur Mitternachtsmesse heutzutage
noch ein Thema? Welche originellen Geschenke
hatte man sich ausgedacht? Fragen über Fragen,
die wir nur allzu gern stellten. Nach den ersten
Interviews mussten wir uns in der Redaktion
allerdings nochmals an den Tisch setzen und
ernsthaft über den Sinn dieser Berichterstattung
nachdenken. Denn jede/r zweite Befragte, hielt
offenbar überhaupt nichts von Weihnachten und
machte dies unserem Team mehr als deutlich
verständlich. Wir verraten nicht wer es war, aber
ein junger Profi-Radler meinte lapidar, dass
„seine Familie ihn von hinten sehen könne". Eine
Medienunternehmensenkelin und vollberuflich
Erbin fand: „Weihnachten? Ist das X-mas? Nee,
danke. Ich feiere Thansgiving only."

Das Ballermann-Gutelaune-Stimmungs-Duo
„Die fidelen Kanonen" gab eine Antwort, die wir
nicht einsortieren können. Es stellte einstimmig

klar: „Gell, kommt immer wieder. Immer wieder kommt dieses Ding. Du lieber Scholli, immer wieder die Geschichte mit dem Jesus und dieser Maria und dazu diese Schafe im Stall." Ähnliche, vor allem vorwiegend stärkere Ausdrücke, die wir hier nicht in Schriftform wiedergeben können, waren auch bei vielen anderen an der Tagesordnung und summa summarum äußerst ernüchternd. Soviel können wir an dieser Stelle verraten: Die Promis verreisen in diesem Jahr besonders häufig.

Die Destinationen sind bunt gemischt und überall in die Welt verteilt. Was die Urlaubsziele eint, ist ihre weite Entfernung. Die beliebtesten Orte sind in diesem Jahr folgende: Mexiko, Thailand, Bali, Australien, dicht gefolgt von den Seychellen sowie von Sri Lanka. Wir wünschen allen – den Hiergebliebenen und den Reisefreudigen – frohe Weihnachten und eine besinnliche Adventszeit allerseits.

Der wahre Grund für die Trennung

Man kann von einem Maschenwahn sprechen.
Maschen, wohin man schaut. Maschen auf der
Tapete, auf den Kissenbezügen, den Vorhängen,
Maschen an jeder Türklinke. Im Badezimmer
sind in die gläserne Duschwand Maschen einge-
ritzt. Auf dem Klodeckel ist eine perlfarben
schimmernde Masche gemalt und winzige Maschen in die Kacheln gefräst. Präzise Handarbeit,
wie uns Urte Knöchel, früher Erotiktänzerin,
jetzt Reality-Sternchen und erfolgreiches Unter-
wäschemodell, bestätigt. Auf dem Teppich zieht
sich das Maschenmotiv fort, und Maschen zieren
zudem fast alle Objekte, an denen wir vorbeige-
hen.

An Sofa- und Stuhlfüße sind Maschen gebunden,
jede Vase ziert eine Masche, über den Bildrah-
men sind Maschen, sogar am Steinbuddha im
Korridor ist eine große Masche an seinem Hals
angebracht. Es sieht aus, als trüge der Buddha
eine Fliege. Mal sind die Maschen aus dicken
Seilen, mal aus Samt- oder Satinbändern, gelegentlich finden sich Maschen aus eingefärbtem
Leder oder feinem Drahtgeflecht, das mit Perlen
besetzt ist.

Wir nähern uns einem solchen Exemplar, als uns
Urte stolz verkündet, dass sie eine Maschen-
Schmuckkollektion ins Leben rufen wird. Die
Mädchen, Frauen jedes Alters, finden Maschen
herzerweichend schön, ist sich Urte sicher. In

einer kleinen Vitrine dürfen wir einzelne Maschen bewundern, während Urte erklärt. Die kleinen Objekte wurden aus Stein gehauen, aus Bronze gegossen oder aus Holz eigens für sie geschnitzt. Dem gegenübergestellt, erkennen wir durch die Glastüre, die zum Garten führt eine gigantische Masche, welche nur durch sich selbst und ihre Größe wirkt und mit ihren imposanten zwei Metern Durchmesser eine beeindruckende Skulptur darstellt.

Urte möchte uns einweihen: „Etwas, das vorher lose war, weder Ende noch Anfang kannte, ist plötzlich gebunden, hat auf einmal diese einzigartige, solide und symmetrische Form. Es ist die reine Magie. Ein Knopf irgendwie, aber eben mehr als ein Knopf. Ein Maschenknopf. Und daher wunderschön. Der lange Schnurwurm von vorhin ist auf einmal in der Lage zu sitzen, zu stehen, etwas auszudrücken. Die Masche schaut dich zudem immer freundlich an." Ob wir die Kraft aus der Mitte der Masche nicht auch spüren würden. Dort, wo man erkenne, wie alles ineinander geflochten sei, zur Form werde. Das sei wie Paarung, wie eine intime Vereinigung, eine Art Geschlechtsakt und nicht zu vergessen: ein Statement.

Urte vertieft sich mehr und mehr in ihre Maschenwelt. Wir versuchen es ihr gleichzutun und in dieses faszinierende Universum ebenfalls einzutauchen, ohne Vorbehalte und mit dem neuen Blick auf die Masche. „Eine Masche nimmst du zur Kenntnis. Du bemerkst sie, weil sie da ist, sich durch die Form manifestiert. Eine herumliegende Schnur wirst du auflesen und arglos fortwerfen. Doch nimmst du dir die Zeit, die Schnur stattdessen zu einer Masche zu binden, wird dir die Masche danken und dich fortan mit ihrer Ästhetik bezaubern."

Wir möchten mehr über den Hintergrund erfahren, wie alles begonnen hat, wann Urte etwas „maschenartiges" verspürt habe, woher das alles kommen könne. Denn das sei zugegebenermaßen sehr einzigartig und wir als Journalisten, die bereits viel erlebt haben, können nichts Vergleichbares zuordnen. Urte findet unsere Frage interessant. Darüber habe sie nicht nachgedacht, aber wenn sie etwas sagen könne, dann, dass ihre Urgroßmutter mütterlicherseits Natasha geheißen habe und möglicherweise ein Auslöser war. Denn diese besaß eine türkisfarbene Puderdose mit einer Masche drauf. Urte überlege daher immer wieder, sich umzutaufen. Aber nicht etwa in Puderdose oder Natasha wie ihre Urgroßmutter, sondern in Namascha, sozusagen in Maschen würdigender Weise und dennoch individuell. Namascha, Namascha, wir lassen uns den ungewöhnlichen Namen auf der Zunge zergehen und sind nicht überzeugt, ob er zu Urte Knöchel passen würde.

Man könne durchaus eine Beziehung zu Maschen aufbauen, versichert uns Urte, denn eine Masche sei nicht gleich wie die andere. Und sie entstehe unter anderen Bedingungen. „Wenn du traurig bist, bindest du eine Masche ganz anders, als wenn es dir gut geht. Eine Masche weiß sozusagen wie sie aussehen soll, je nachdem wie du dich fühlst."

Dies ist ein gutes Stichwort, finden wir, um auf das Ende der Beziehung zu Bernd Riegel zu sprechen zu kommen. Urte druckst nicht herum und gibt offen zu, dass es Bernd einfach zu viel, zu eng wurde mit den Maschen. Er war auf die Maschen eifersüchtig. Er konnte sich auch nicht identifizieren. Vor allem war er so maschenverschlossen, so maschenablehnend. „Er hat mich damals sehr verletzt, als er sagte, dass es ihn im Hals würgte, wenn er eine Masche ansah." Und das Schlimmste: er wollte sich mit der Zeit überhaupt nicht mehr auf die bereichernden Maschengespräche einstellen. Er übte sich darin die Maschen kategorisch zu übersehen. Oft tappte er mit geschlossenen Augen durch die Wohnung und machte dabei einiges kaputt. „Es war überhaupt nicht respektvoll." Urte ist den Tränen nah. Er sprach dann nur noch abschätzend von „Maschenunruhe", von „Maschenstörung" und von „Maschenflucht". Dabei seien die Maschen für Urte so etwas wie ihre Komplizen, ihre Seelentröster.

„Andere sammeln Kuscheltiere oder haben Haustiere. Meine Maschen haben aber nicht einmal Namen", beteuert Urte und hebt ihre Hand wie zum Schwur hoch. Nach all den Maschen ist uns etwas schwindelig und wir setzen uns, um bei einer Tasse Tee mehr zu erfahren über die Trennung von Bernd. Aber auch die Symbolik von Maschen möchten wir näher ergründen, und was diese Maschen und Schleifen für Urte wirklich bedeuten.

Als der Tee kommt, müssen wir schmunzeln: Die silbernen Teelöffel sind am Ende mit einer kecken Masche versehen und auch der Zucker wird uns in Form von Maschen serviert. Knöchel hat für uns Muffins gebacken und darüber bunte Maschenstreusel verteilt. „Bernd fand mich auch nicht mehr anziehend, wenn ich mich schön gemacht habe. Er wollte mich sozusagen nackt, ohne Masche, aber das wollte ich wiederum nicht. Denn ohne das hier, das bin ich nicht mehr."

Sie zeigt uns kleine Maschenohrstecker, übergibt uns ihre Maschenhaarklammer, präsentiert uns die baumelnden Maschen an den Knöpfen ihrer Strickjacke, lässt uns ihre Zehen- und Fingernägel bewundern, auf denen Maschen mit Glitzersteinchen geklebt sind. Wir müssen zugeben, dass wir das äußerst attraktiv finden und können uns auch vorstellen, wie Urtes Unterwäsche aussieht und wie ihre Scham geformt ist. Urte holt einen Konturen- und Lippenstift und zeichnet ihren Lippen entlang eine formschöne Masche. Sie schminkt ihre Lippenmasche dunkelrosa aus und wir blicken gebannt auf den sich bewegenden Mund, der wie eine wach gewordene Masche zu uns spricht: „Dies hier, das wollte Bernd irgendwann nicht mehr küssen."

P.S. Urte bat uns aus Gründen des Urheberrechts keine Photos von ihrem Maschenmund zu publizieren, bis sie die Angelegenheit mit ihrem Ma-

nagement abgesprochen hatte und bis die
Schmuckkollektion auf dem Markt ist.

Die Party ist vorbei

Als einziges deutschsprachiges Filmteam dürfen
wir exklusiv an die Location, wo DIE Party des
Jahres stattgefunden hat und gestern ihren Abschluss fand. Die Festspiele sind just zu Ende
gegangen, die Preise sind verliehen, zahlreiche
Interviews im Zehnminutentakt gegeben, Presse-
konferenzen abgehalten.

Wir haben die Haute Couture Roben der Damen
auf dem roten Teppich ausführlich und bis in die
letzte Spitze diskutiert, den ansehnlichsten und
peinlichsten Beinschlitz gefunden, wir haben die
Haare bis zu jämmerlich gefärbten Ansätzen
kommentiert, haben den Strähnchenfarbverlauf
mit Hilfe von Haarexperten sorgfältig aufgezeigt,
wir haben uns Gedanken gemacht über manche
Zehendebakel, die unvorteilhaft aus den hohen
Sandalen heraus quollen und haben nicht zuletzt
fragwürdig sitzende Dekolletes unter die Lupe
genommen.

Zwischen den Zeilen von Sternchen und solchen,
die es erst werden wollten, hörten wir unmissverständlich und wiederkehrend den unbedingten
Willen zur Karriere heraus und wir nahmen die
bevorstehenden Pläne und Deals ohne Vorurteile
zur Kenntnis. Wir hörten ehrfürchtig den Alten
und Eingefleischten zu, die heuer eigentlich erst
gar nicht hinfahren wollten, derart kritisch äu-
ßerten sich viele zum sinkenden Niveau der
Filmbeiträge und den immer schlechteren Wein,

der hier geboten würde. Wir protokollierten Aussagen von Männern, die scheinbar immer weniger in der Lage waren, die geschätzten Kolleginnen von Prostituierten zu unterscheiden, wenn sich Erstere für einen Anlass wie diesen zurechtgemacht hatten.

Wir filmen gerade ehrfürchtig den Raum, wo das große Dinner nach der Verleihung stattfand und trauen unseren Augen nicht – überall zerdrückte Zigarettenstummel, aufgeschlitzte, fleckige Polsterkissen, gebrauchtes, nicht weggeräumtes Geschirr, das überall herumliegt, heruntergerissene Vorhänge, Klobürsten in den silbernen Champagnerkühlern, fettige Weingläser rot von Lippenstift, Scherben, Krümel, Dreck, wohin man schaut – als uns eine polnische Putzfrau auflauert. Sie ist mit den Nerven am Ende. Es sei zu viel, berichtet sie außer Atem, das seien doch alles Schweine. Sie schwöre, dass es das letzte Mal sei, wo sie diese Sauerei aufräume. Die Frau arbeite am Festival seit über zwanzig Jahren. Aber es werde immer dreister und ekelhafter.

Sie möchte uns einen anderen Raum zeigen und wir folgen ihr gespannt in den hinteren Teil der Villenanlage. Aus einer staubigen Schaufel klaubt sie ein Dutzend Polaroid-Fotos hervor. Wir erkennen auf dem ersten Bild einen berühmten TV-Kommissar, dem zwei Würstchen aus den Ohren hängen. Auf einem anderen Foto sieht man eine Polonaise von Menschen, die sich aber auf allen Vieren gruppiert haben. Den Schluss der Formation bildet ein entblößter Po einer jungen Frau an dem ein Koffer angeschnallt ist. Wir können beim Durchgehen der Bilder nicht erkennen, wer genau abgebildet ist, denn viele Fotos sind verwackelt und unscharf.

Auf jedem zweitem Bild sieht man außerdem lediglich Aufnahmen von körperlichen Details: Nasenlöcher, Ohren, Scheitel, Kniekehlen, Hautgruben, darunter viele behaarte Motive, die Fragen aufwerfen. Wir dürfen die Bilder behalten.

Als wir umkehren wollen, zieht uns die Putzfrau in einen weiteren Raum. Auch hier sieht es aus, als hätte ein Orkan gewütet. Der Barock anmutende Saal ist etwas schummrig, da die Vorhänge aus dem roten Brokatstoff zugezogen sind. So erkennen wir erst auf den zweiten Blick, dass hier noch ein paar Gäste geblieben sind. Wir sehen übereinander liegende Körper, finden einzelne Socken, Büstenhalter, ineinander gekeilte Beine. An einem Lüster hängt ein lachsfarbener Mieder und in einem Blumentopf stecken zwei silberne Stilettos. Dessen nicht genug: In Tischdecken eingerollt, finden ein paar Starlets Schlaf unter dem Tisch. Sie sehen aus wie überdimensionierte Wraps.

Die Botox-Prinzessin, Julia Klinke, klar erkennbar an ihren hohen Wangenknochen und den auch im Liegen steil stehenden Brüsten sowie der überfleischigen Oberlippe, ist hier dabei und schläft mit offenem Mund. Aus der Tischdekoration haben ein paar Kreative einen mannshohen Turm gebaut. Die Putzfrau hat keinen Sinn für diese Ästhetik. Sie gibt einen erschütternden Schrei von sich, während sie mit aller Kraft mehrmals auf den Tisch haut. Sie ist ganz außer sich und schimpft auf Polnisch. Dann aber schließt sie die zischelnde Schimpftirade schrill mit den Worten "Perverses Pack!" Wir schreiben das Verstandene automatisch mit. Der Gemüse-Früchte-Schuhe-Silbergeschirr-Turm fällt krachend in sich zusammen.

Ein Sportmoderator, der bisher von uns unbemerkt blieb, weil er sich etwas weiter im Raum zärtlich an eine in Seide eingekleidete Marmorsäule geschmiegt hatte, gibt einen undeutlichen Laut von sich und blickt uns mit panischen Augen geistesabwesend an. Instinktiv möchten wir zu ihm hingehen, doch dann entdecken wir etwas, das uns erbrechen macht.

Jetzt spricht er

Das Thema, über das er nie gerne sprach, beschäftigte uns schon lange: Jetzt ist er aber endlich bereit die Karten offen auf den Tisch zu legen. Wir dürfen ihn in einer Suite im Duke Hotel treffen. Herbert Paluch nickt kurz und kommt, ohne uns richtig zu begrüßen, gleich mit der Tür ins Haus und plappert ungefragt drauflos:

"Ich hatte viel, sehr viel. Ich hatte Häuser, Lofts im Big Apple, eine Wohnung in Monaco, ein Haus in Malibu. Der allerbeste Champagner floss von morgens bis abends in meinen Anwesen, ob Gästehaus oder Gäste-Toilette – das Blubberwasser war immer zur Hand. Ich hatte Partys und Weiber mit den vorteilhaftesten Ausstattungen und ich war der absolute Held. Alle wollten mit mir und ich wollte mit allen. Das ging mal gut, mal weniger. Aber Scheiß drauf. Ich hatte Autos: rote, gelbe, weiße. Sportkarren und Limousinen. Einen Chauffeur hatte ich sowieso. Bodyguards, Security-Leute, einen Stylisten nur für die Socken! Was noch: Genau, ich hatte Pferde! Ich hatte einen ganzen Stall, den habe ich später an einen Saudi verkauft. Für Rennen. Ich und reiten? Iwo. Ich würde mich nie auf ein Pferd setzen. Ich frage mich nämlich immer: Will so ein Gaul überhaupt, dass ich mich draufsetze? Oder denkt es sich: Eigentlich nicht. Jedenfalls: das beeindruckt. So ein Pferdestall, meine ich. Das ist eine Art Garantie. Die Püppchen stehen doch

alle auf Pferde. Vor einem Pferd wird jede
weich. Oh, diese Nüstern! Der schnuckelige
Blick! Diese Wahnsinnspferdewimpern! Nee
nee, gut, dass die Viecher jetzt weg sind. Die
haben etwas gerochen, nicht ganz mein Ding-
dong. Aber Leute: Ich habe auf der ganzen Welt
Filme gedreht und ich habe internationale Preise
gewonnen! Mit den Besten der Besten war ich
per Du."

„Ich hatte sogar eigene Kinder und die sind jetzt,
wieso auch immer, extrem weit gekommen.
Einer ist ein Kinderarzt und einer ein erfolgrei-
cher Schriftsteller! Wer hätte das gedacht, bei der
geldgierigen Mutter und all den Drogen! Oh ja,
ich nahm sie alle. Ich war ein bisschen abhängig.
Ja, ja. Aber dann war ich clean. Superclean. Hab
den Turkey gemacht. Wow! Da hab ich gefroren
und gezittert wie Espenlaub. Und gekotzt habe
ich für eine ganze Fußballmannschaft. Das war
echt zuviel. Aber ich bin durch. Kurz, bevor ich
dachte, das war's, jetzt krepierst du, da tauchte
dieses gleißende Licht auf. Dieses Licht am Ende
des Tunnels, ihr wisst schon. Das gibt's wirklich.
Aber nur unter gewissen Umständen. Da entdeckte ich jedenfalls meinen wahren Künstler.
Ich spürte das durch Mark und Bein. Das war in
Indien, oh Indien - danach war alles gut. Kein
Fleisch, nur noch Gemüsecurry, Dhal und solche
Sachen. Ich rührte ab da keinen Alkohol mehr an
und das war echt eine geile Erfahrung. Ich
brauchte danach nie mehr eine Filmrolle anzunehmen, denn das hatte ich ja alles schon. Ich
war geheilt von den Sünden und den Verführun-
gen dieser monströsen Showbusiness-Welt. Und

ganz wichtig: Ich wollte mich nicht wiederholen.
Das war die Erkenntnis bei meinen Meditatio-
nen. Dass ich mich nicht wiederholen musste.
Nur ein wenig neu erfinden. Wie Phönix aus der
Asche steigen und all der Kram. Und - verdammt
- ich habe mich neu erfunden! Yeah!"

Wir haben nur noch drei Minuten, die Zeit
schreitet voran. Herbert schaut gläsern an uns
vorbei, während er sich selbst unterhaltend wei-
terredet. Der Manager sitzt uns mies gelaunt im
Nacken. Er hat einen Tick. Er schnalzt ununterbrochen. Wir sehen aus den Augenwinkeln das
nächste Fernseh-Team ihr Set aufbauen, die
Moderatorin wird schon abgepudert. Kabel werden vor unseren Füßen ausgerollt. Um nicht ins
Bild zu geraten, kriechen ein paar Techniker auf
allen Vieren hinter Herberts Sessel herum und
suchen etwas, eine Steckdose vielleicht. Herbert
redet sich in Rage. Er erzählt, was wir alle schon
wissen.

Unsere Veronika Sprosse wird ungeduldig und
unterbricht ihn: "Herbert, wir kennen deine Geschichte. Aber sag, was ist jetzt mit dem Geld.
Wir wollten doch über Geld reden. Deine Ver-
mögen und die Steuergerüchte. Es gibt Gerüchte
und Vorwürfe und wir haben hier in sich wider-
sprechende Zahlen vorliegen." Herbert wird
jähzornig: "Was seid denn ihr für welche? Steu-
erbehördefuzzis oder was?! Ich habe kein Geld
mehr. So. Da habt ihr die Story und jetzt haut
endlich ab, ihr verdammten Dreckshurensöhne!"
[O-Ton Herbert, in leicht abgeschwächter und
gekürzter Form, Anm. d. Red.].

Es reicht

Die Vorwürfe gegen unser bald dreißigjähriges Magazin und unsere wöchentliche TV-Sendung sind schlichtweg an den Haaren herbeigezogen. Wir haben eine Vermutung, wer hinter den Anschuldigungen stecken könnte, möchten uns aber keiner öffentlichen Schlammschlacht ausliefern, welche nicht unserem Stil und keinesfalls unseren moralischen Grundprinzipien entspricht. Zum jetzigen Zeitpunkt ein Statement abzugeben, käme an dieser Stelle einem Bekenntnis gleich, was unseren Gepflogenheiten klar widerspricht. Wir kommentieren nicht. Wir dementieren nicht. Hingegen distanzieren wir uns vehement, ein einfältiges Boulevardblatt zu sein, das Lügen verbreitet und Unwahrheiten aufbauscht.

Wir arbeiten höchst seriös mit allesamt bestens ausgebildeten Journalisten und Promovierten. Wir bedienen uns zu jeder Zeit einer gepflegten Sprache und richten uns nach der neuen deutschen Rechtschreibung. Unsere Artikel sind doppelt fundiert, werden geprüft und kommen von achtbaren, international tätigen Presse-Agenturen.

Mit den meisten Prominenten sind wir befreundet oder stehen in freundschaftsähnlicher Beziehung zu ihnen. Bestechlichkeit allerdings ist nicht nur ein Tabu, es ist bei uns ein Fremdwort. Immer wieder treffen unsere engagierten Autorinnen und Autoren den Nerv der Zeit. Unzählige unserer Storys, insbesondere die ausführlichen Titelgeschichten, wurden preisgekrönt, sogar im Ausland. Wir provozieren nicht. Wir berichten. So unser Motto. Weshalb wir nicht zuletzt dadurch auf der Beliebtheitsskala bei unseren geschätzten und treuen Leserinnen und Lesern seit Jahren sehr hoch im Kurs stehen.

Auf den Redaktionen haben wir die Frauenquote bereits vor Jahren umgesetzt, und wir arbeiten in unseren Backoffices konsequent mit dem ISO 9001 zertifizierten Qualitätsmanagement. Unsere Mitarbeiterinnen und Mitarbeiter verdienen faire Löhne und die eine oder andere ehemalige Praktikantin oder Praktikant konnte sich bei uns ausbilden und führt jetzt ein eigenes Ressort. Die Magazine werden auf umweltfreundliches Recycling-Papier gedruckt. Frische Früchte von einem Bauernhof in der Nähe stehen in jedem Sitzungszimmer täglich für uns alle zum Verzehr bereit, und wir dürfen bereits verraten, dass eine eigene Kinderkrippe geplant ist.

Die in unserem Heft abgebildete Prominenz darf stets versichert sein, dass entsprechend heikle Nacktstellen – sollten uns solche Bilder gelegentlich erreichen – von unserem ehrbaren Retusche-Team allesamt verpixelt wird. Auf fragwürdige Werbung oder zweifelhafte Anzeigen verzichten wir a priori, obschon unserer Geschäftsleitung keineswegs entgangen ist, dass wir damit noch schwärzere Zahlen schreiben könnten als wir es in unserem erfolgreichen Blatt ohnehin tun. Wir haben uns nichts vorzuwerfen.

Die vorliegenden Geschichten sind frei erfunden und Ähnlichkeiten mit real existierenden Personen oder Situationen sind rein zufällig.